秋季限定栗金飩事件 上

THE SPECIAL KURI-KINTON CASE

米澤穗信
YONEZAWA HONOBU

秋期限定栗きんとん事件

THE SPECIAL KURI-KINTON CASE

by

Honobu Yonezawa

2009

目錄

第一章　出人意料的秋天

1

約好的時間到來之前，我一直在圖書室看書。

升上高中以後，我就很少去圖書室了。我不是個愛讀書的人，不過別人看到我泡在圖書室裡，一定會覺得我很愛看書吧，正所謂模仿壞人殺人就會變成壞人，假裝聰明也會變得聰明的。我不是在模仿愛書人，也不想要模仿壞人，更不打算假裝聰明，藉由否定這一切而達成的崇高生活才是我一心追求的「小市民」。

我看看牆上的時鐘，發現時間差不多了，就從座位上起身，正想把剛剛拿的小說放回書架上，突然發現百葉窗的縫隙之中透著紅光。暑假結束後，白天逐漸變短，現在已經是黃昏了。這種情況每年都會發生幾次，夕陽餘暉鮮紅得有些恐怖，幾乎令我眼睛發痛。紅光灑在整個走廊上，一路照到細長校舍的底端。我在走廊上走著，一邊想著放在口袋裡的紙條。

這張紙條不知何時出現在我的課桌裡，內容是約我放學後在教室裡見面。我不知道這紙條是誰寫的，也不知道對方的目的，事實上，我連紙條究竟是不是給我的都不確定。我大可不理會這張紙條，不過人家都邀請我了，心驚膽戰地前去赴約才是小市民的作風吧。

離校時間將近，走廊上只能看見稀稀落落幾個學生。我升上高二已有五個月。到了九月，氣溫已經漸漸地染上秋意。

在學校裡待了這麼久，認識的人自然會變多。譬如說，剛才擦身而過的男生是我常碰到的人，我記得他好像是學生會的，或是在某個社團裡表現得很優秀。簡單說，雖然我看過他，卻不記得他是誰。當然，我也不知道他的名字。而他想必也不知道我的事，所以我們只是若無其事地走開，彷彿把對方當成隱形人。

我長久以來努力培養禮貌性的漠然，如今也算是小有成就。我有把握自己在學校裡的存在感只到達「對了，好像有這麼一個人」的程度，出現很自然，不在也很自然。

說是這樣說，但我為什麼會收到邀約呢？

我從口袋中掏出紙條。

起初我以為這是從筆記本上撕下來的，仔細一看似乎不是。這張紙的其中一邊有一排小孔，這是從便條本上小心翼翼撕下來的。可見把我叫出來的人會隨身攜帶便條本。

上面寫著短短的一行字。

放學後五點半　請獨自來教室　我等著你

字寫得不算很好，但也不難看。分不出來是男生還是女生的筆跡。墨水是藍色的，用水性原子筆寫的。筆跡挺娟秀的，不過我感覺寫字的人不像女生，倒像是個斯文的男生。

從這行字可以找到不少資訊。

紙上寫著「來教室」。船戶高中有幾十間教室，但紙條沒有明言是哪一間，只說了「來教室」，想必是指我們二年A班的教室。紙上還寫著「放學後」，既然沒有指明是幾月幾日，當然是指今天放學後。

如果寫這紙條的是二年B班的學生，為了表明「不是B班教室」，應該會寫「來A班教室」或是「來這間教室」，而且對方很難確認我有沒有看到紙條，所以必定會寫上日期。

由此可見，約我見面的人是我們班上的學生。

紅色走廊的另一端有個男生朝這裡走來，這人和我互相認識，我們在高一和高二都是同班同學。他個性開朗，跟任何人都聊得來，一起參加過幾次班上活動之後，他開始會找我聊天，而我為了回應他的熱情，也都會面帶微笑地回答。此時我和他都沒看彼此一眼，只是默默地擦身而過。我不記得他的名字，好像是岩山還是岩手，我只記得有岩這個字。

我再次望向手中的紙條。

雖然這行字很短，卻有很多值得玩味的地方。「獨自」和「等著」都是用平假名寫的，如果對方是刻意不寫漢字，那還挺不錯的，這樣會顯得不那麼嚴肅。但是這人不寫漢字也可能是因為平時很少拿筆寫字。

我最在意的部分是「獨自」一詞。為什麼要叫我一個人來呢？

應該不是為了避免被旁人看見，就算我一個人來，放學後的教室也不是隱密的地方。先不管這人要談的事情是否不可告人，如果他不想讓別人知道我們見面，還不如約在校外。

對了，我在國中的時候也看過叫我「一個人來」的紙條。

光是想起來就覺得頭皮發麻。我以前很愛管閒事，還以為自己有辦法解決。為了那些閒事，我好幾次被人叫出去，那些紙條大多都寫著「一個人來」，但我很少真的獨自前往，因為甚至有人指定過我平時不會去的地方，譬如倒閉保齡球館的停車場之類的，搞不好會發生意外。總而言之，小心駛得萬年船。

那都是過去的事了，我實在想不到現在會有什麼理由會被約出去，所以這短短的一行字才會讓我這麼困惑。

我，小鳩常悟朗，不過是一個徹頭徹尾的小市民，一個在班上總是笑臉迎人、卻記不得別人的名字、平凡無奇的船戶高中二年級學生。

如此平凡的我到底為什麼會被人約出去呢？

我翻來覆去地看著那張紙條，希望找到蛛絲馬跡讓我推敲出真相。被人用匿名紙條叫出去，若是不先搞清楚緣由就傻傻地赴約，實在是太愚蠢了。說是這樣說，區區一張紙條也沒辦法看出什麼端倪。大概只能隨機應變了。罷了，我總不會在學校裡遭人尋仇吧。

夕陽餘暉稍微變暗了一些，夜色不知不覺地滲入這片紅光之中。我的前方出現一個女學生。我認識這個人，自從進高中之後，我從來沒有和她同班過。據我所知，這個女生很擅長交際，交了不少朋友。她看起來比我小，不是看似學妹，根本像個國中生，甚至是小學生，但她真的和我同齡。

當然，我們擦身而過時也沒有看彼此一眼。

我知道她的名字。她叫小佐內由紀，是個聲稱要成為小市民、滿口謊言的女生。

2

討論很快就陷入僵局，就像鬼打牆一樣。同樣的提議，同樣的反駁，只是換了另一種說詞。我知道要怎麼結束這無意義的對話，只要我接受對方的意見、閉上嘴巴就行了，但我不想放棄。我為對方的不明事理感到氣惱，再次開口說：

「我的要求有那麼奇怪嗎？這件事連報紙都刊登了，該知道的人早就知道了，為什麼不能報導這件事？」

「冷靜點，瓜野。」

堂島社長注視著我，盤著的雙臂依然沒有放下。社長有一張方臉，身材魁梧，個性嚴肅，若是再盤起雙臂，看起來簡直像一堵厚牆。但我不能輕易退縮。他的眼神略帶一絲不耐，讓我更不高興。

「我很冷靜。社長才該多聽聽別人的意見。」

「我已經聽了。」

堂島社長把靠在椅背上的身體稍微往前傾，並且加重了語氣，彷彿在強調這是最後通牒。

「是你沒有搞清楚狀況。我來整理一下，我們社團做的是校內新聞，而不是大報社的地方版。我們有資格去向警方問話嗎？我們能去採訪受害者嗎？如果惹出什麼麻煩，誰該負責呢？是你的父母，還是我們的顧問老師三好，還是我呢？

我了解你想報導我們市內發生的『事件』，但是那對我們來說太勉強了。如果你真的有話想對社會大眾說，不如去寫信給區域性早報，我記得有個『年輕人心聲』的專欄。」

社長這番話並不是諷刺，而是真心勸告，這反而令我更火大。

如果需要向警方打聽事情，那就去打聽啊，真的想要訪問受害者，那就去訪問啊，社長何必這樣窮擔心呢？

「我說過了！這個報導……」

我拍打著攤在桌上的報紙，上面是「不良組織綁架夥伴」的報導。

「有消息說被綁架的人是我們學校的學生，所以這也算是校內的事。這樣難道不行嗎？」

堂島社長似乎無意再繼續討論。他嘆了一口氣說：

「我知道你藏著什麼心思，瓜野。如果開了先例，報導了這則新聞，以後你就可以寫更多校外新聞了。」

我才沒有藏，我本來就是這樣主張的。

「這樣有什麼不好的？」

「夠了。這是社長的決定，你想要投票表決也行，總之這個版面要刊登運動會的補充報導。」

我環視社辦一圈。

在某處寫的筆記，在某處拍的照片，印刷準備室裡堆滿了各式各樣的雜物，亂七八糟的，根本分不清楚哪邊放的是什麼東西。船戶高中校刊社，社員共有五人。暑假之前高三學生還沒退社時，社團裡還有學姊，但現在全都是男生。

擔任社長的是高二的堂島健吾，他體格壯碩，看起來像運動健將，而且長相威嚴，氣勢強大，但他在我眼中只是個保守分子，不然就是個膽小鬼。

門地讓治，同樣是高二的，他不會和我們高一的混在一起，但他和堂島學長也沒有走得很近，老是卑微地低垂著視線，整天裝模作樣的拿著書看，多半是學術類的新書，而且全是六百圓就能買到，書名清一色都是「為什麼○○會╳╳呢」。

岸完太，高一，吊兒郎當的傢伙，他那掛著一大串飾品的手機老是噹噹噹噹地響。他一到放學就用髮蠟把頭髮梳得直豎，簡直把我們的印刷準備室當成他的梳妝室。

最後一個是高一的五日市公也，他不像岸完太那麼不可靠，該寫報導就會乖乖地寫，他喜歡察言觀色的個性讓我覺得不太順眼，但他的個性還算認真，壞就是壞在太過畏畏縮縮。

這四個人之中沒有一個人是支持我的，我在船戶高中校刊社裡孤立無援。

我不怕受人孤立，寫報導本來就是一個人的事，但若拿不到版面，就什麼都不用談了。為什麼每個人都這樣呢？我沒有把握一定會成功，但這只不過是社團做的校內報刊，失敗只要再改就好了。他們不這麼想嗎？

「……我知道了。」

我什麼都不想再說了。我現在能做的事只有憤慨地衝出社辦。

怒氣騰騰地回到教室後，同學面帶苦笑地說道：

「嗨，這番白費工夫真是辛苦你了。」

我一屁股坐在他的椅子上。

「少諷刺我了。看來你早就猜到結果了。」

「當然，就算猜不到，看你的表情就知道了。」

「都寫在我的臉上了嗎？」

他用拇指和食指比出一小段距離，像是在說「一點點」。

冰谷優人。他是我國中時代在補習班認識的朋友，在高中和他同班時，我還挺開心的。他不是面無表情的人，但若他靜靜地坐著，看起來就像滿腹憂愁。他中性的長相連男生都會覺得很秀氣，因此他常常被人調戲。

不過我欣賞他的地方並不是外貌，而是腦袋。

他對任何事物的理解速度都快到驚人。我是靠苦讀才考進船戶高中的，而冰谷卻是毫不費力地考上。他不光是自己成績優秀，他還很會教導別人，我在補習班的時候也受過他不少關照。

如果他的氣勢再強一點，應該做得出更有趣的事，可惜他怕東怕西，一直掛著笑容，避免做出任何引人注目的事。他現在也一樣面帶笑容。

「我明白你的不滿。我們學校校刊社做的事情確實很無趣。」

「就是說嘛。」

我握緊了拳頭。

「現在的高中很少有校刊社，這是多麼難得的事，可是我們除了照抄去年的報導之外，什麼建樹都沒有。」

「應該不是照抄吧。」

冰谷輕輕地聳肩。

「校刊社是在報導學校的例行公事……只不過今年的例行公事和去年一模一樣罷了。」

「結果還不是一樣！」

今年的九月號是以運動會的報導為主，去年的九月號當然也是，前年的也一樣。我知道這是無可奈何的，校內的報紙當然不能不報導運動會，但也不需要用所有版面去報導嘛。如果不能加入一些自己的創意，那還有什麼樂趣呢？

我對這件事非常不滿。光報導校內的事，內容根本不會有變化，應該要拓展範圍才對。題材我都準備好了，就是暑假發生的綁架案，只要社長點頭，我立刻就能寫好，若再加上採訪，還可以做成系列報導。

但是我的提議卻被否決了，堂島社長根本不聽我的意見。看到我這忿忿不平的模樣，冰谷臉色愁苦，彷彿認為我是個令人頭痛的傢伙。

「我早就說過了，沒用的。」

如果我問他為什麼覺得沒用，他一定能說出一大堆理由，而且我一定會同意。不，其實我也知道再怎麼吵都沒用。我進入船戶高中已有半年，足以讓我摸透校刊社的習性了。

我已經明白，那個社團裡沒有一個人想改變現狀。可是……

「你覺得沒用就不會做了，但是依照我的個性，我就算覺得沒用也要做。」

「真有個性。」

我知道他是在嘲諷我，但我才不會就此罷休。

「那我問你，冰谷，你也讀了三年國中，對吧。」

「是啊，那是國家的教育方針嘛。」

他似乎不明白我為何轉換話題，但調侃的語氣依然沒有改變。

「甚幸，我讀了整整三年。」

「那你在這三年之中做過什麼特別的事嗎？」

冰谷稍微皺起臉，似乎不想聽我講大道理。但我還是繼續說下去：

「我什麼都沒做過，三年都是在讀書和參加社團，就這樣而已。我絕對不要再浪費三年。我下定這個決心已經是半年前的事了。你的數學很好，應該知道高中三年只有六個半年吧。」

不過冰谷的語氣還是一樣輕佻。

「你有這種雄心壯志是很好，不過你把校刊社當成手段好像不太對。如果你真的想建立豐功偉業，應該選個更主流的方法吧。」

這句話戳中了我的痛點。冰谷看我沉默不語，就揮揮手說：

「好啦，我支持，我永遠都會支持的。」

他這說法像是不管對任何人都會支持。

老實說，我不希望冰谷只是支持我，我更希望他成為我的戰友，但我的自尊心不容許我說出這句話，所以我依然只能憤慨地走出自己的教室。

3

我的直覺出錯了。我看到紙條上的字還以為是男生寫的，結果放學後在教室裡等我的卻是女生。

夕陽餘暉不再鮮豔得刺眼，顏色漸漸變得黯淡。那個女生站在窗邊，窗戶是打開的。外面的風似乎很大，她的夏季制服領巾在風中搖擺。

我認識這個女生，她是我的同學，所以我的推理還是猜中了一部分。但我不知道她的名字，也不知道她為何約我見面。她說：

「剛好五點半，你很準時。」

她的聲音柔和又成熟。聽起來很耳熟，說不定我們高一的時候也是同班。

我本來很擔心會遇上麻煩事，既然對方只是一個女生，應該不需要緊張吧。我甚至想過，若是收到信就傻傻地獨自赴約，說不定會被人綁起來。

「因為有人約我見面嘛，當然要懂禮貌。」

聽我這麼說，那女生就笑著關上窗戶，往我這裡走了幾步。

「對不起，這麼晚還約你見面。」

「還不算很晚啦。」

沉默片刻後，我等得有些不耐煩，就直接問道「那妳找我有什麼事」。她又往我走了一兩步，雙手在胸前合十。

「我有些事情想要問你。」

「問我？」

我現在不再覺得自己是無所不知的，因為我已經不管別人的閒事了。我的心底泛起一圈圈的漣漪。

……不過，既然她有事拜託我，我還是可以提供一些智慧吧。不過她到底想問什麼呢？希望是難度高一點的，最好是別人想破腦袋都想不出來的難題。

不過她問的卻是我沒想到的事。

「小鳩，你跟那個女生分手了嗎？」

我立刻就猜到她說的是誰。

小佐內由紀。直到不久之前還和我一起朝著「小市民」邁進的夥伴。我們對彼此沒有愛戀，也不會互相依賴，而是有著互惠關係，我和小佐內同學互相關照，不讓彼此偏離小市民的道路。

這段關係在暑假已經結束了。我現在還是覺得這種結果是很自然的，因為我和小佐內同學都用自己的方式慢慢地變成了小市民。不過，這個女生怎麼會知道我們的事呢？

我突然想通了。可能性只有一個。

我和小佐內同學會分開是某個事件造成的，那樁事件牽連了很多人，甚至包括犯法的人，不過那些人不是早就被抓起來了嗎……

這個突發奇想令我非常驚慌。難道她是那群人的夥伴？

我不由得提起戒備。那女生看到我的反應，驚訝地睜大了眼睛。

「怎麼了？不用這麼害怕吧。」

「我不是害怕，只是不明白妳為什麼知道這件事。」

「……一看就知道啦，暑假結束之後就沒看過你們兩人在一起，我朋友也都這麼說。」

就只是這樣？

我觀察著她的表情，似乎真的只是這樣。我不禁對自己的誇張反應感到丟臉。我笑著打圓場說：

「這樣啊。也對啦，確實很明顯。」

「那你們真的分手了吧？」

「嗯，分手了。」

我笑咪咪地如此回答，她一聽就握緊拳頭。我完全想不透，這件事跟她到底有什麼關係？如果仔細想想或許能想出答案。我正準備開始思考，那位不知道名字的女同學像是在挑選午餐吃什麼，爽快地說道：

「那就和我交往吧。」

「啊？」

「我們交往吧。」

「啊？」

這時我才開始仔細地打量她。

她的身高比小佐內同學高。話說回來，想要找到比小佐內同學矮的女生，大概得去小學才找得到。

教室裡很昏暗，我看不清楚她的表情，她似乎帶著有些僵硬的笑容，她的臉型有點長，一頭長髮，而且是帶著弧度的大波浪。船戶高中的校規不算特別嚴格，但髮型也不是毫無限制，我想她的頭髮可能是自然捲吧。她的眼角比較低，好像是下垂眼。我忍不住想著，她的脖子好細啊。

她不是個花枝招展的女生，但也絕非樸素枯燥。她的容貌滿清秀的，感覺像是適當地散發著青春的光輝……也就是說，她正是我最羨慕的、過著平凡高中生活的那種人。

她的眼中浮現了戲謔的光芒。

「嘿，小鳩，你的名字是常悟朗吧。」

「是沒錯啦……」

「那我可以叫你阿常嗎？這樣比較帥。」

我面帶微笑地立刻回答：

「不行。」

我堅決反對。她沒有再繼續要求，可是我這樣回答彷彿已經同意了要跟她交往。難道這是她的計謀嗎？

我當然明白被女生告白是多麼光榮的事。

身為一個小市民類型的高中男生，若是沒有特殊理由，沒必要拒絕人家。

所以我跟這個女生開始交往了。

現在只有一個問題。

「那麼今後就請你多多指教了喔，小鳩！」

她如此說道，我卻沒辦法回答。我得先查出她叫什麼名字才行。我該怎麼做呢？

依照我的想法，只要去看她鞋櫃上的名牌就能解決了。

4

印刷準備室和教室都待不下去，我不知道還能去哪裡。既然如此，乾脆回家算了，但我還有一件事要辦。我在圖書室借了書。

那是當過新聞記者的人寫的，書名是《正確報導的心得》。我借這本書是想找出說服校刊社的理由，可是書中內容全是抱怨，根本派不上用場，我只看了三分之一就不看了。借書期限快到了，我得把書拿回來還。

放學時間已經過了很久，我從來沒有在這種時間來過圖書室，所以有點訝異。圖書室裡完全沒有人，只有一個看似圖書委員的男生坐在櫃檯裡專心地看書。我不好意思打擾他，就把書放進還書箱。

我被堂島社長敷衍，被冰谷嘲笑，借了書沒看完就歸還，今天真是太悲慘了，做什麼事都不順心。為了扳回一城，我想再找其他的書來看。

話雖如此，高中的圖書室不會有多少書能幫得上校刊社的高一社員。我好不容易才找到一本《怎麼寫出好報導》，我找個位置坐下來，打算先翻翻看再決定要不要借。我把書包放在附近的座位，在椅子上坐下，正想打開書本，才發現前方的座位放著一個書包。

有著船戶高中校徽的白色書包。

無人的圖書室裡空位置多的是，我偏偏坐在這個書包的對面，簡直像是故意的。雖然我覺得不妥，但也不打算換位置。這又沒什麼大不了的。

可是，當我看到抱著書走過來的人，卻驚訝得屏息。

我認識那個人。

雖然我認識對方，但對方並不認識我。這個女生似乎是堂島社長的熟人，來過校刊社幾次。

第一次看到她，我只覺得「好小」。她有一頭烏黑俏麗的妹妹頭，像是戴著假髮，是個氣質很特別的女生。後來我才想到，這種時候應該形容成「像洋娃娃一樣」。

第二次看到她，我只覺得她一點都不適合穿高中制服。她似乎要來找社長幫忙，說了「關於那件事……」什麼的。堂島是校刊社的社長，人面非常廣。我猜他們可能是為了報導的事而做過某些約定吧。

第三次見面時，我對她改觀了。那是暑假剛結束的時候，離現在沒有很久。

印刷準備室裡只有我和堂島社長兩個人，現在還不用急著做下一期校刊，而且我對校刊社的作風已經非常不滿了，所以我們沒有說話，只是靜靜地待在房間裡。我當時攤著筆記本，大概是在寫作業，堂島社長環抱著雙臂盯著半空，像是在思考。我記得社長的右手貼著OK繃，他好像是在暑假受傷的。

那個女生突然開門，走進印刷準備室，筆直走到坐在鐵管椅上的堂島社長身邊，也不先打招呼，就把嘴貼在他的耳邊。

她說了幾句悄悄話。

我沒有聽到她說了什麼，但是在那一瞬間，我的背脊感到一陣寒意。

光看她的身高和長相，怎麼看都不像和我同年級的，比較像是從偷溜進來的國中生。然而她在說悄悄話的瞬間瞇起眼睛，曲身貼在堂島社長耳邊的動作非常優雅，讓我不禁打了寒顫。我的視線離不開她。那是動心的感覺嗎？我覺得應該不是。是她的容貌、表情和動作太不搭軋，反而吸引了我的目光。我後來才想到，這種時候應該形容為嬌媚吧……可是當時我只能張著嘴巴、呆呆地望著她。

堂島社長聽著她的悄悄話，滴溜地轉著眼珠，身體依然維持著盤臂的動作。我看不出來她說的是好事還是壞事。他們沒有談很久，社長喃喃地說「我知道了」，那女生就從他的耳邊退開。

這時，她突然轉頭看著我，彷彿現在才發現我的存在。剛才瞇起的眼睛直勾勾地盯著我，我感到背後冷汗直流。

看她的嘴巴我就知道了，她似乎在說「這件事跟你沒有關係」。
等到社辦裡只剩兩個人，我問堂島社長剛才那個人是誰，社長神情苦澀地說：
「她叫小佐內，是個很難應付的人。」

此時，在放學後的圖書室，出現在我面前的人就是小佐內。
「你有什麼事要找我嗎？」
她單刀直入地問道。聽到這句話，我才發現自己正盯著她看。
「喔喔，沒有啦，抱歉。」
我垂下視線。小佐內顯然覺得我很奇怪，但她卻喃喃說道：
「我好像在哪裡見過你。」
「喔喔，是啊……」
我心想，還好我現在坐著。我的三半規管不知道出了什麼問題，頭昏腦脹的。
「我們在校刊社見過。」
「校刊社……？」
小佐內露出困惑的表情，右手食指按在柔軟的臉頰上。她沒有思考太久。小佐內輕輕搖頭說：

「我想不起來。對不起。」

「啊啊，沒關係，只是看了一眼，記不得也很正常。」

我死命地擠出笑容，連自己都覺得很滑稽。我們當時四目交接那麼長的時間，她竟然記不得，真是太奇怪了。說不定只有我覺得時間很長，其實只是短短的一瞬間。

小佐內又說了一次：

「對不起。」

說完以後，她把抱在胸前的書放到桌上，然後雙手撐著桌子，再次問道：

「所以你找我有什麼事？」

她這句話問得不太客氣，但又沒有抗拒的意思，該怎麼說呢？好像是在拿捏距離似的……女生在這種時候都會有這種反應嗎？還是只有小佐內會做出這種反應？

她好像誤會我在等她。很合理。

「喔喔，沒有啦。」

我想說自己只是碰巧坐在這裡。

但我覺得這樣太浪費了。

除了坐在櫃檯裡埋首看書、眼睛都不抬一下的圖書委員，圖書室裡沒有其他人了。小佐內正從幾十公分遠的距離注視著我。我不可能預料到這種局面，也沒機會做任何心理準備，不過我瓜野高彥的特色就是隨時都能拿出決心。

小佐內還在等我回答。那就說吧，現在就說吧。

「我迷上妳了。」

「啊？」

「自從上次見面之後。雖然妳不記得了。我想跟妳聊一聊，如果妳現在不忙的話，可不可以陪我一下呢？」

我的膽子也太大了。我說得很流暢，沒有一句話結巴，還能顧及臉上的笑容。

小佐內眨著眼睛。她專注地盯著我看，像是在觀察我是不是在跟她開玩笑。如果我現在笑出來，或是轉開目光，鐵定會失去機會。我很清楚這一點，所以我坦然地承受了她的視線。

我直到剛剛都還沒注意到，這天的夕陽格外鮮紅。

先笑出來的是小佐內。她直視著我，輕輕地笑了。

「我不討厭直接的男生。」

我頓時感到鬆了一口氣。雖然表面裝得很輕鬆，但我沒有發現自己的心中其實非常緊繃。小佐內對我笑了，還說她不討厭我。

小佐內拿起桌上的書，用書遮住嘴巴。

「好啊，不過我們不要在圖書室聊，我知道一間好店，那裡的草莓蛋糕非常好吃喔。」

我立刻站起來。

「那我們走吧。」

真丟臉，我剛才還在侃侃而談，現在光是一句話都說到破音。不過，我並沒有為自己的失態感到懊惱。

因為我還在震驚，什麼都沒辦法想。

第二章　溫暖的冬天

1

小佐內的名字是由紀。

我覺得這個名字很適合形象可愛、感覺弱不禁風的她。

從我和小佐內開始交往以來，她從未展露過生澀僵硬的樣子。從平時的舉止來看，她似乎挺怕生的，看到不熟的人甚至會逃走，可是她對我的態度從一開始就很正常。

相較之下，如同車禍一般突然地開始交往之後，我表現得還比較生澀，大概過了半個月我才習慣和女生一起走出校門。

在這半個月裡，我得知了一件令人震撼的事實。

船戶高中的每個學生都要配戴校徽，男生是別在衣襟上，女生是別在胸前。不過這項規定名存實亡，大半的學生都不會遵守。因為這個緣故，有一件早就該知道的事，我卻一直沒有問。

在秋天剛開始、樹葉還沒變紅的時候。小佐內雖然有腳踏車卻不騎，而是牽著車走在我身邊。我不經意地隨口問道：

「對了，妳是哪一班的？」

小佐內似乎早就料到我遲早會問她這個問題，正促狹地等待著。她笑嘻嘻地對我說：

「我是C班的。」

我認為她是在說謊，因為我也是C班的。

我還不太了解小佐內這個人，只以為她是在跟我開玩笑。我回以含糊的笑容，又問了一次：

「喔？真的嗎？」

「真的啊，我真的是C班的。」

「別騙我了，我也是C班。」

「有人說過我是騙子，不過這句話是真的，我確實是C班的。」

然後小佐內抬頭瞟著我，輕輕地補上一句：

「……二年C班。」

我一直深信小佐內是高一生，因為她太嬌小了。

起初我當然不相信，但是小佐內沒有故弄玄虛，她直接從胸前的口袋拿出學生手冊。寫在學生手冊上的入學年度確實比我早了一年。我愕然到說不出話。

「所以……妳是學姊？」

小佐內一副很開心的模樣。

「嗯。不過我們還是照常相處就好了，反正我看起來也不像學姊……是吧？」

她看起來確實不像學姊。

後來冰谷知道了我和小佐內在交往，就這麼說：

「什麼啊，我都不知道你有戀童癖。」

聽到這句惡劣的玩笑話，我直接往他的肚子來了一拳。

北風吹起，樹葉飄落，冬天已經到來。

接近十二月的某天，小佐內在放學後找我一起去咖啡廳。那間店叫作「Earl Grey 2」，店面小巧精緻，很符合女生的喜好。

小佐內常常跑咖啡廳，她不是愛喝咖啡或紅茶，而是喜歡吃甜點。如今在這間店裡，她不用看菜單就直接說：

「點心套餐，紅茶要加牛奶，甜點要提拉米蘇。」

我的零用錢不多，只能囁囁地小聲地說「我只要咖啡」。

提拉米蘇盛在玻璃杯裡。小佐內先用湯匙撫過提拉米蘇的表面，灑在表層的可可粉沾在湯匙上，小佐內舔著那些粉末，像是一隻玩弄獵物的貓咪。

而我等著熱呼呼的咖啡變涼，漫不經心地攪拌著只加了砂糖的杯子。因為是在小佐內面前，我不想表現得太粗魯，所以小心不要讓湯匙敲到杯子，輕輕地攪著。

「嘿。」

小佐內突然開口說道。我沒有出聲，默默地望向她。小佐內不再玩她的提拉米蘇，豎起湯匙說：

「你為什麼嘆氣？」

聽到她這麼說，我才發現自己嘆了氣。如果小佐內和我在一起的時候嘆氣，我一定會很慌張，以為我讓她覺得無聊了。我放下湯匙，道歉說：

「對不起，只是有些事。」

「你在煩惱什麼事嗎？」

小佐內在空中輕輕揮舞著湯匙。

「要不要跟姊姊商量看看？」

看在旁人眼中，我和小佐內別說不像情侶了，根本像是「哥哥請妹妹吃東西」。外表稚嫩的她口中說出「姊姊」二字實在太滑稽，我忍不住笑出來。她低聲回答：

「……我又不是在說笑。」

「啊，我搞錯了嗎？」

小佐內把湯匙一口氣插入提拉米蘇，彷彿在表達抗議之意。湯匙碰到杯底，發出清脆的聲響。

如果我真的嘆氣了，原因一定是那個。我不想跟她商量那件事，可是她似乎很想知道。

我不想要弄得太沉重，但聲調還是不禁降低。

「妳看過我們的校刊嗎？」

「校刊？你是說『船戶月報』嗎？」

我大吃一驚。

校刊社的刊物原則上是每月的一號出刊。說是這樣說，因為長假和考試等各種理由，一號出刊只不過是表面上的說法。月報總共八頁，以前是找影印店幫忙製作，但現在用電腦編排，所以是用學校的影印機印出全校學生的分量。

要一張張地摺疊將近一千份的月報已經很累了，送報就更辛苦了。我們校刊社的社員在一號早上會把報紙放在學校學生的桌上。這是從以前流傳下來的做法，但這樣只會讓我感到「不這麼做就沒人看」的悲哀。事實上，根據我在班上觀察到的情況，確實沒人在看。每月一號放學後，每個教室的垃圾桶都會塞滿我們的刊物。

這份刊物的名字叫「船戶月報」，連我們校刊社的社員都不見得記得。

「妳怎麼知道？」

這個問題很奇怪。小佐內輕輕地笑了。

「這是我朋友做的，所以拿到的時候我都會看。」

她說的是堂島社長。我跟小佐內已經交往三個月了，但我從來沒有問過她和堂島社長是什麼關係。她只有在暑假剛結束時來過一次社辦，後來都沒再來了……我有點想問她，不過還是以後再說吧。現在不是問這種事的時機，而且問了好像會顯得我心胸很狹窄。

還是先談校刊的事吧。

「那妳怎麼想？」

「什麼怎麼想？」

「有趣嗎？」

我不知道有誰說過小佐內是「騙子」，但她現在說的是如假包換的真心話。她連眼睛都沒眨一下，直接了當地說：

「普通。」

我露出苦笑。

「普通嗎……有沒有比較具體的形容？」

「嗯，比普通更普通，普通到罕見的地步。我每次看『船戶月報』都覺得這真不是一般的普通。」

她的形容生動到超乎我的想像。聽她這麼說，會讓我以為普通是一件很了不起的事。不管怎樣，小佐內說的確實沒錯。「船戶月報」很普通，簡直太普通了。

「是啊。」

我只能點頭同意，然後我加重語氣說道：

「再這樣下去是不行的，我一直都這麼想。我有一些創新的點子，那就是報導校外的新聞。我不認為一下子就能得到很大的進展，但至少可以成為進步的契機。可是我們社團沒有一個人贊成，所以這個計畫遲遲無法實行。我會嘆氣大概是因為這樣吧。」

十月一日出刊的十月號最後還是報導了運動會。十一月號報導的是校慶。十二月號鐵定還是一如往常的年終特輯。

雖然我極力主張不能只是遵循往年的慣例，卻一直想不到有力的提案，時間就這樣徒然地流逝。我為此感到憤懣，有時還會想要嘶吼，此外，偶爾也會感到憂鬱，所以才會忍不住嘆氣。

「為什麼？」

小佐內問道。

「什麼為什麼？」

「唔……為什麼你覺得不能繼續這樣做？」

我一時之間搞不懂她想要問我什麼。比普通更普通。繼續做這樣的刊物怎麼行呢？

「那妳喜歡《船戶月報》嗎？」

小佐內愣了一下，含住了湯匙。我此時才發現，她本來一直撥弄提拉米蘇上的可可粉，如今提拉米蘇卻已少了半塊，像是從中切開似的。是什麼時候吃掉的……？她咬著湯匙搖頭說：

「不喜歡。」

「所以說嘛，不能繼續這樣下去。我們應該做的是讓大家更喜歡、更想看的刊物。」

小佐內把湯匙放在盤子上，發出鏗的一聲，然後一臉困惑地說：

「你沒有回答不能繼續這樣做的理由。瓜野，你很熱愛那份刊物嗎？希望大家都想看嗎？」

原來她是這個意思。我拿起咖啡來喝。還是熱的。

「聽妳這麼說，我倒覺得不是。我是想要寫出《船戶月報》沒有出現過的報導，不是由別人，而是由我來寫。」

我覺得解釋得不夠清楚，所以又補充說：

「我不是想要成名，該怎麼說呢，只是想要留下瓜野高彥曾經在船戶高中待過的痕跡。我這樣說會很怪嗎？」

「不會。」

小佐內微微一笑。

「這樣我就明白了……這大概就像是下雪的早晨想要第一個走到路上留下足跡的感覺吧。」

真浪漫。果然是少女的風格。

「然後把雪鏟光不讓其他人留下足跡。」

「……為什麼要這樣做？」

「啊？我不是說了嗎？為了不讓其他人留下足跡啊。」

我到現在還是摸不透小佐內的幽默感。

小佐內像是突然想起，迅速地動起湯匙，一口氣掃光剩下一半的提拉米蘇。她吃得太急，嘴巴旁邊沾上了可可粉。小佐內渾然不覺，說道：

「嗯，我想要支持你……可以吧？」

冰谷也支持我，之前他還對我大喊「加油～加油～」。

不過小佐內的支持和冰谷不一樣，我真的有被鼓舞的感覺。

我當然點頭回答：

「那就拜託妳了。」

◇

一週後，支持的效果出現了。

校刊社在每個月第一週的星期五都會全體集合、召開編輯會議。有些人平時很少露面，譬如岸完太，在這天就算是硬拉也要讓他們出席。

我提議要報導校外新聞是在九月的會議上，十月和十一月這兩次我都沒有開口，因為我覺得光是提議，卻沒有拿出足以說服他們的題材，他們一定不會當真。當然，我不會因此什麼都不做。只要能攻下大將，其他小兵就不足掛齒了。我跟社長溝通過好幾次，他始終沒有給我一個正面的答覆。在徒勞無功的努力之中，來到了十二月的編輯會議。

九月提議的時候，我手上有題材，就是發生在暑假中的船高學生綁架案。但我現在找不到亮眼的題材，都十二月了還在提暑假的事未免太過時了，一點說服力都沒有。除此之外，採訪也沒有進展，我現在只有赤手空拳，這樣還能提嗎……

我帶著憂慮的心情參加了編輯會議。

「一月號要有一整版放校長的話，此外各學年主任和學生會長都要各寫兩張稿紙，主題是『迎接新年之際』。嗯，總之就是老樣子。」

二年級的門地拿著去年的一月號報告。每次都是這樣，我們只靠這種方式來決定要做的事。因為因為重複太多次，連我都快要覺得繼續保持下去也無所謂了。

「好，那要決定一下各處由誰去聯絡。校長那裡就所有人一起去。」

堂島社長爽快地決定誰要負責去哪裡聯絡，還有要提醒對方的事項。

「先簡單地問一下他們打算寫什麼，如果內容重複就不好了。」

他連這些小細節都注意到了。在沿襲去年做法的這方面，堂島社長的表現確實是無可挑剔。我被指派去向二年級的學年主任邀稿。我默默地答應下來，反正只是閒聊幾句話的簡單任務，像是「我是校刊社，今年要寫兩張」、「喔喔，又到了這個時期啦」。

工作程序基本上都是固定的，版面分配也都是比照去年，三十分鐘左右就已經準備散會了……要提案的話就是現在。

可是……

「啊，請等一下。」

把正要離席的眾人喊住的並不是我。

一個猶豫的聲音戰戰兢兢地說：

「那個，呃，我有一些想法，或是該說是願望，可以耽擱大家一些時間嗎？」

說話的是五日市公也。是他自己叫住大家的，但是大家望向他時，他卻畏縮地低下頭。

「什麼事？」

堂島社長問道。已經站起來的岸又一臉不耐地坐下。

「呃，是這樣的……」

五日市扭扭捏捏地從書包拿出《船戶月報》，那是這個月初剛發行的最新一期。

「報紙上不是常常有那個嗎？就是『記者觀察』啦，『編輯雜談』之類的。那個是叫專欄嗎？就是寫在版面的角落，像是簡短的時事評論之類的。我覺得《船戶月報》也可以做那樣的東西，你們覺得呢？」

他講得坑坑疤疤的，似乎很不習慣在眾人面前開口。我知道他想說什麼，但此時的我還不明白事態會如何演變。

五日市用更快的語速繼續說：

「不用寫很多啦。怎麼說呢，只要有個小空間，讓負責的人能自由地寫一些自己想寫的東西，這樣就好了。」

「沒這個必要。」

他才剛說完，就被門地潑了冷水。

「我又沒有特別想寫的東西，而且你是不是搞錯什麼了？《船戶月報》不是讓你發表文章的地方……」

「先等等。」

堂島社長制止門地繼續說下去，他盤起雙臂，一副輕鬆自在的樣子，平靜地問道：

「五日市，你有想要寫的東西嗎？」

這時我終於理解五日市和我意見相同，我們都想要有一個能自由寫作的空間。

突然被問到重點，五日市不禁有些慌張，但他還是鼓起勇氣點頭回答：

「有。」

「你說說看。」

「好的。」

他口中念念有詞，像是在整理要說的話。

「呃，一月二十日在市民文化會館有一場慈善義賣會，我們學校也有人要參加，但是其他參加者全都是成年人，那個人有些不安，所以拜託我報導這個消息，希望有更多學生參加。」

「有人拜託你？是誰？」

「我們班上的人。呃，我該說出他的名字嗎？」

社長鬆開交握的手。

「沒關係，不用了。我知道你的意思了。專欄啊……」

門地聽到他明確地說出目的，不高興地皺起臉孔，如果他現在開口可能會說出「才一年級就想把版面當成私人的工具」之類的話，不過他什麼都沒說。參加過這麼多次編輯會議，我已經明白了，只要堂島社長願意商量，門地就不會出言反對。

「那是慈善活動，收入會全額捐出，不算是營利事業，而且他們也希望我能幫忙……我已經跟他們說過《船戶月報》不是做這種用途的了。」

又沒有人責怪他，他卻開始辯解起來。我大概可以體會他的心情，因為堂島社長盤起雙臂不說話時真的很有威嚴。

社長沉默地思考著，但也沒有想太久。

「……我明白了。我也很想幫忙，不過，這麼一來就要重新調整版面了。你有什麼想法嗎？」

「有的。」

五日市像是早就準備好了，他翻開桌上的《船戶月報》，指著最後一版的某處。

「只要這裡刪掉一點，就有空間放專欄了。」

那是編輯感言，校刊社的每個成員都要寫些簡單的感想，占了整版的四分之一。每人一句話塞不滿，要長篇大論又放不下。仔細想想，這不大不小的空間確實很難搞。

「把這裡縮減一半，就能空出八分之一的版面。」

有人發出「嗄」的聲音。不是堂島社長，也不是門地，所以應該是岸吧。說不定其實是我。沉默繼續蔓延，不是因為漠視五日市的提議，正好相反，大家應該都覺得五日市的提議很好。先不管五日市那無謂的專欄，光是能縮減硬撐版面的冗長編輯感言就是一件好事。

堂島社長的意見也是：

「滿不錯的。」

但他接下來有點困惑地說：

「如果我們的社員夠多，這個『編輯感言』就會比較充實，但只靠五個人很難填滿，縮減一半實在比較好……不過，做專欄不能只做一期。五日市，你每個月都要寫嗎？」

「這個……」

五日市遲疑了。

此時出現了意想不到的援助。

「沒關係吧，大家輪流寫就好了。」

一直沉默不語的岸插嘴說道。

「反正一個月只要寫一篇，可以用輪流的。」

「可是……」

門地似乎不太樂意，又出言反對。

「如果以後社員增加了，『編輯感言』就會變長，怎麼可以因為現在只有五個人就擅自減少版面？」

但是堂島社長很乾脆地說：

「沒什麼擅不擅自的，這事不需要別人同意，我們自己就能決定。」

「是沒錯啦……」

「如果明年四月有新社員加入再來討論吧。在新的一年改版面，也會多一些新氣象。」

說罷就環視眾人。

「……要投票表決嗎？誰贊成五日市的提案？」

表決的速度快到讓人吃驚。五日市、岸，我也舉了手。四人之中三人贊成，結果出爐了。

「很好。五日市，你好好地準備吧。散會。」

這件事的意義很明確。

簡單說，雖然只有八分之一的版面，但我突然獲得了自由報導校外新聞的空間。我在九月的會議中那樣極力要求都沒被接受，五日市缺乏自信的發言卻讓局面整個翻轉過來。

這天放學後，我難得主動邀小佐內去吃可麗餅，我隨口聊起這件事時，小佐內表現得非常高興。

「太好了，瓜野，真是太好了！」

我大概只是含糊地回應了「嗯嗯」、「是啊」之類的話，因為我還無法相信自己竟然這麼幸運，而且我先前那麼努力都沒有得到回報，不禁有些難以釋懷。難道是「慈善」一詞的威力太強嗎？

小佐內用右手拿著雙倍鮮奶油草莓可麗餅，對我大聲說道：

「打起精神！現在只是有機會得到版面，你要好好抓住這個機會，不然我的支持就白費了。」

說得沒錯。我咬緊牙關。

我要在船戶高中留下瓜野高彥的功績。十二月的編輯會議是邁向這個目標的大門，但現在只打開了一條縫。

暑假的綁架案已經失去了新鮮感，我必須找到新的題材塞進那八分之一的版面，但我目前連題材的影子都還沒找到。

我甩開了怕做不好的擔憂。我相信自己做得到。

看著微笑的小佐內，我真心這麼覺得。我的手不知不覺地握緊。

巧克力香蕉從餅皮裡擠了出來。

2

仲丸十希子同學是個溫柔體貼的女孩，從她花俏的外表很難看出這一點。自從那一天她寫紙條約我放學後見面以來，我就開始了幸福的高中生活。哎呀，我活得真充實。這句話我不知道已經想過多少次了。

兩人在文化祭時暢遊校園，晚風微涼的聖誕節，新年一起去神社參拜。對於既是身心健全高中生又是小市民的我來說，這種生活真是太美滿了。我壓根沒想過自己竟然會有「因小誤會而吃醋吵架」的時候。

在寒假結束的前一天，我按照先前的約定出門了。我要到河對岸的柾目市「Panorama Island」購物中心，和仲丸同學一起逛新春特賣。聽說所有東西的價格都很便宜。

我到約定的地點時，穿著黑色長外套的仲丸同學已經來了。她圍著白色圍巾，穿著靴子，打扮得很成熟，很適合她。我小跑步過去。

「對不起，這麼冷的天氣還讓妳等我。」

仲丸微笑著說：

「不會啦，我才剛到。」

很平凡的對話。哎呀，感覺真幸福。

我們並肩走在一月的街道上。雖是晴天，空氣卻很冷，我們呼出的白煙在空中交纏，逐漸散去。

我甚至有點想牽她的手。

我們搭公車前往目的地「Panorama Island」。

雖說是鄰市，其實距離沒有很遠。現在天氣冷了點，我若是自己一個人去，要騎腳踏車也行，不過仲丸同學已經說了要搭公車。仲丸同學有通學用的市內公車學生優惠定期票。

我以前很少搭大眾運輸工具。

木良市有一條東西向的鐵路，車站四周有高架道路，站前還有很大的公車總站。不過這條鐵路在本市只有一站，就是木良站，所以市區內的交通沒辦法靠鐵路。市內的公車路線很多，不過我出門多半還是騎腳踏車。

我會開始搭大眾運輸工具是因為仲丸同學，我們還曾經一起去比較遠的電影院看愛情電影。剛進電影院時還是白天，出來的時候已經天黑了，我和被電影感動得目眶含淚的仲丸同學一起搭公車。

木良市的公車票價是固定的，不管坐到哪裡都是一樣的價錢，這對手頭不甚寬裕的高中生來說真是值得慶幸。不過我不太記得固定票價是多少錢。我的記憶力明明不會很差，卻偏偏記不得到底是兩百一十圓還是兩百六十圓。好像需要一個十圓硬幣吧，我對這種小細節倒是記得很清楚。我不好意思問仲丸同學「搭公車要多少錢」，所以事先在口袋裡準備了很多零錢。

我們一起在站牌等車。時刻表寫著十點四十二分有一班，結果過了五十分都還沒看到公車。站牌旁邊只有長椅，沒有擋風的東西。我因天氣冷而有些擔心仲丸同學，轉頭看她時，她也正好看著我。這種默契十足的反應很有趣，我們忍不住笑了起來。

「仲丸同學，現在天氣很冷，妳要不要先找個地方避風？我看到車子來了再叫妳。」

聽我這麼一說，仲丸同學繼續把手插在口袋，說道：

「沒關係，我覺得還好。小鳩，我更擔心你啦，你連圍巾都沒戴，真的沒關係嗎？」

我在第一天拒絕讓仲丸同學叫我「阿常」之後，她好一陣子都叫我「小鳩同學」，不過仲丸同學似乎不太習慣稱人「同學」，後來還是再三問我「能不能叫你阿常？」，在我堅持反對之下，最後才改成「小鳩」。不過她咬字越來越含糊，現在聽起來幾乎變成「小悠」，有時甚至變成「小歐」。小歐到底是誰啊？

遠處傳來了警笛聲。我當然分得出消防車、救護車和警車的差別。這是消防車的聲音。

一開始聲音還很遠，接著聲音漸漸變大，很快地就出現在我們等公車開來的方向。車身側面印著「檜町2」字樣的兩輛幫浦消防車以說不上暴衝的速度開過來，從我們的面前掠過，闖了紅燈。因都卜勒效應而變得低沉的警笛聲殘留在耳中。

「又來了。」

我聽見仲丸同學的喃喃自語。我有點開心，因為我也正想著一樣的事。換句話說，我也在想「又來了」。

可能是因為最近氣候乾燥，經常發生火災，消防車也出現得比平時更頻繁。我家距離主要幹道沒有很近，但最近還是常常聽到消防車的警笛聲。妳也很關心最近的火災嗎？我突然很想問問看。

結果我卻來不及開口。

「啊，來了。」

因為我們正在等的公車來了，彷彿是跟著消防車來的。木良公車南方線，途經 **Panorama Island**。

對了，票價到底是多少呢？我突然想起此事，發現車上寫著「市內一律兩百一十圓」。這次要好好記住，可別再忘記了。

我們從後面的車門上車。一走上去，我就看到一臺兌幣機。仲丸同學轉頭問我：

「你有零錢嗎？」

「沒問題。」

我可沒有掉以輕心。我有想過可能是兩百六十圓，所以口袋裡已經放了充足的零錢。應該吧。被她這麼一問，我反而有點擔心，忍不住摸了摸口袋裡的零錢。此時仲丸同學從錢包裡拿出五百圓硬幣兌換。

下車時才要投幣。其實木良市內有民營的「木良公車」和公營的「木良市公車」，公營的公車是上車時投幣。這點也很容易搞混。這樣實在太不方便了，今後遲早會改善的，但目前還是有的上車投幣有的下車投幣。我們搭的這班公車是民營的，所以鐵定是下車投幣。

車上的乘客比我想像的多。還不至於擠到摩肩擦踵，但座位全都被坐滿了。很少搭公車的我不禁問道：

「一向都是這麼多人嗎？」

仲丸同學有些無奈地說：

「這樣哪裡多了？等一下你就知道。」

我不知道等一下會變成怎樣。既然她說我等一下就知道，到時就會明白了。我又問了：

「要搭多久呢？」

「唔……車子多的時候大概二十分鐘吧。或許不用那麼久。」

在我們談話時，下一個站牌就出現了。我都不知道公車站是如此密集。

此外，我也明白了仲丸同學剛才說的話。

在上一站只有我們兩人等車，可是這一站不知道是被施了什麼咒，竟然有人在排隊。隊伍長長一列，就像是在排長蛇陣。有些人圍著圍巾，有些人帶著毛線帽，那些人毫無疑問是在等我們這班車。

北風吹過寒冷的天空，每個人都臉色蒼白、一臉憤恨地瞪著我……不對，是瞪著公車。這副情景給人一種陰沉的感覺。

公車停下，後門打開，長蛇般的隊伍逐漸被公車吞噬。老實說，我還以為只有不到一半的人上得來，但我想錯了，我不該用蛇來形容站牌下的隊伍，而是該用來形容這輛公車。木良公車的車身以不可思議的彈性塞進了所有乘客，就像一隻吞下鳥蛋的蛇。因為一下子擠進大批乘客，車上的人口密度頓時爆增，我被人推擠、拉扯，最後以高舉雙手的姿勢和仲丸同學緊靠在一起。香水的味道飄了過來。

剛才仲丸同學說的「等一下你就知道」，原來是指等一下車上會大爆滿。我不禁佩服仲丸同學在一站之前就預見了這一站大排長龍的情況，以及她明知車上會這麼擠還有勇氣決定搭公車。我不由得深深反省，我之前不該一直把她看成普通的女學生。

不過仲丸同學一下子就辜負了我的佩服。

「為什麼有這麼多人啊……？」

看來仲丸同學也沒料到今天會有這麼多人。雖然今天是工作日，但畢竟是正月，應該和平時不太一樣吧。

我像被槍指著的銀行員一樣呆呆地舉著雙手，逐漸朝著 Panorama Island 靠近。如果現在有扒手摸我的口袋，我也沒辦法阻止他，所幸在如此擁擠的車上連經驗老道的扒手都會自顧不暇。要維持這種姿勢二十分鐘還真是辛苦。

公車上的暖氣不太夠力，即使剛從颳著寒風的公車站上車，我也沒有立刻感到「啊啊，暖氣真暖和」。不過此時車上擠滿人，倒是讓我一下子就暖起來，額頭還冒出汗水。

而且站在我旁邊的是仲丸同學，我不能任意地推擠她。為了保護她不被乘客們推擠，我只得用全身的力氣拚命撐住。

不知仲丸同學是否查覺到我的困境，她開口說：

「再過三站應該會輕鬆一點。」

既然如此，那我就再忍耐一下吧。把平時很少用到的背後肌肉繃緊，在擁擠人潮之中保護仲丸同學到最後吧。就在我立下這悲壯的決心時，揚聲器裡傳出開朗得彷彿有些瞧不起人的語氣。

『木良市公所報告，六十歲以上的乘客請多加利用敬老票，平日白天可免費搭乘市內公車，其他時間半價優惠。請在下車時向乘務員出示敬老票。多搭公車有助於減緩全球暖化。請一起維護公車路線的營運。木良市公所報告。』

這明明是民營的公車，還要跟市公所拿補助嗎？如果這麼多人搭乘的路線都支撐不下去，恐怕做什麼都沒用了。

下一站也有幾個人在等車，但是公車並沒有停下來。有個細微到難以聽聞的聲音喃喃說道：

「客滿了，等下一班吧。」

說話的大概是司機吧。

我的眼前有個下車按鈕。看到按鈕就想按才是小市民。等到接近 Panorama Island 時，我就來按一下吧。當我正在這麼想，突然發現按鈕上有汙漬，原本純白的按鈕邊緣有一點點紅褐色的汙漬。難道是血跡嗎？

不對，大概是巧克力吧。仔細一看，上面只有褐色，沒有明顯的紅色。

「小悠，你在看什麼啊？」

看妳啊！這是騙人的。這時背後壓力突然增加，我低下頭咬緊牙關。

接著輕鬆的廣播聲再度響起。

『下一站是檜町二丁目，檜町二丁目。要去菜色豐富的日式餐廳「春景」請在此下車。要下車的乘客請按下車鈕。』

鈴聲隨即響起。廣播接著說：

『下一站停車。』

我抬頭時突然注意到。

前方那個按鈕的汙漬在短短的幾秒之間被抹掉了。沒有徹底擦乾淨，但汙漬有被拖長的痕跡。

原因很簡單，我附近有人按了按鈕，發出鈴聲。如果站著的乘客要按按鈕，就得從我或仲丸同學的肩上把手伸過來，或是蹲低身子從下面鑽過來。

既然沒有發生這種情況，按按鈕的一定是在這地獄般擁擠的車上悠哉坐著的尊貴乘客。我不知道有多少人要下車，不過只要能降低人口密度，就算只有一兩個人我還是很開心。

不過，在下一站到來的卻是詭異的情況和尷尬的氣氛。

公車停下來了。站牌下有人在等車，但司機沒有打開後門，因為車上已經客滿了。前門打開了，因為要讓乘客從那邊下車。

可是車上沒有半點動靜。沒人下車，也沒有人正準備下車。司機用麥克風向車上廣播：

「檜町二丁目到了。」

還是沒有動靜。變成了無名普羅大眾的乘客們都顧不得禮貌性疏離的美德，毫無顧忌地彼此張望。是誰按了下車鈕啊？都是那傢伙害公車停下來了。我可以原諒你，但是要下車就快一點。這種無言的氣氛逐漸膨脹，讓原本已經很擁擠的車上充滿了異樣的緊張感。

似乎有人想要從下車專用的前門上車，司機用苦惱的語氣加以制止：

「前門不能上車。請等下一班，這班已經客滿了。」

我心裡很清楚。

按了下車鈕一定是我附近那兩個座位上的其中一人。那是一前一後的兩個單人座。坐在前面的是穿著西裝式制服、戴著耳機、拿著文庫本看的女生。坐在後面的是撐著拐杖、彷彿忍耐著車上不舒適而駝著背的老太太。兩人似乎都不打算起身。

照這樣看來，大概是搞錯站才不小心按了下車鈴吧。司機應該也是這麼想的。

「沒有人嗎?那門要關囉。」

公車繼續往前開。在檜町二丁目等車的人鐵定很不是滋味。

到達先前說的「再過三站」之前，又遇到了兩次紅燈。

車上因此受到一陣震動，我努力用膝關節的彈性吸收掉推擠的壓力。真希望能先把手放下來。

感覺好像永遠都到不了的目的地終於到了，廣播還是用一樣開朗的語氣若無其事地說：

『下一站是東部事務所前，東部事務所前。要下車的乘客請按下車鈕。』

很快就有人按了按鈕。

『下一站停車。』

東部事務所似乎是我所不知道的熱門景點。如同仲丸同學所說，有很多乘客準備在這一站下車。但是下車得走前門。在擠得水洩不通的車上，努力往前移動的乘客和堅守據點的乘客發生了更劇烈的推擠。

不過車內空間終於變得比較寬鬆了。雖然車上還是客滿狀態，但我的手已經可以放下來了，也不用再緊貼著仲丸同學的背，總算能歇一口氣。我感覺好像已經在公車上搖晃了一個小時。

就連習慣搭公車的仲丸同學也忍不住嘆氣。

「哎，真難受。」

「都流汗了。」

我們看著彼此，露出苦笑。

就在我為了保持姿勢而努力運作的腦袋剛騰出一點空間時，我突然發現自己的眼前出現了一個機會。

「啊……」

我忍不住喊出聲。

「怎麼了，小鳩？」

我甚至顧不得回答一臉詫異的仲丸同學。

一前一後的兩個單人座。前面坐的是女學生，後面坐的是老太太。

這兩人之中的其中一人剛才按錯了下車鈴……也就是說，那人可能很快就會下車，而現在的我有空間往前面或後面移動。

只要我站到要下車的乘客旁邊，在那人起身的瞬間，我就能占到座位了！

不，我可不是打算自己坐。不是這樣的，我是想幫我可愛的女友、有一頭波浪捲頭髮的仲丸十希子找到座位。

在這擠得要命的車上絕不能猶豫不決。

是女學生？還是老太太？我得把仲丸同學引導到正確的位置，才能贏下這場搶椅子遊戲。時間所剩無多了。即使推敲得比較久，機會恐怕下一站就會到來，我必須在那之前做出判斷。我得判斷出要下車的究竟是女學生還是老太太。

「等一下喔。」

「等一下？等什麼？」

先等一下，我有東西要送給妳。我要送妳一個座位。

依照我的想法，這個問題只要靠縝密而迅速的觀察就能解決。

所幸我的附近就貼了一張路線圖。看到那張圖，我才知道這班公車的路線這麼長。不過我該注意的是之後的公車站。

檜町二丁目
←
東部事務所前
←
檜小學
←
檜町四丁目
←
檜町圖書館
←
水道端
←
檜町六丁目
←
清碧女學院前
←

南檜町二丁目

←

大河橋北

←

大河橋南

←

Panorama Island

←

Panorama Island 南

←

大黑門

←

柾目市公所（終點）

看到這張圖，剛才有人按錯下車鈴的理由就很明顯了。有很多站牌名稱都是「檜町」二字開頭，若是一個不注意，或是聽錯了，會按錯下車鈴也是很正常的。也就是說，這兩人之中有一個人最快會在下下一站的「檜町四丁目」下車，最慢則是要到「南檜町二丁目」。

那麼，這人會在哪一站下車呢？按了下車鈴的又是誰呢？我開始仔細觀察。

女學生戴的耳機小小的，有條電線延伸到她放在地上的托特包裡。可能是因為車子的引擎聲太吵，又或者是她調得很小聲，我聽不到她在聽什麼音樂。

該注意的地方是書本上方露出來的「書籤」。如果我沒有看錯，那似乎是仲丸同學也有的「市內公車學生優惠定期票」，因為顏色一樣，上面還有「木良公車」、「市內定期」等字樣。

她身上穿的是深藍色的西裝制服外套，胸前別著校徽。這不是我們船戶高中的制服，船戶高中的女學生穿的是水手服。但我不知道這是哪一所學校的制服，我可沒有鑽研過制服學。防寒的道具是圍巾，灰色的，風格很樸素。

關鍵所在的下車鈕是在她座位椅背的斜上方，如果她想要按下車鈕，就要把手往後伸，但是車上到處都有下車鈕，她的前方也有一個按鈕，如果她要按那個按鈕，就要把手往前伸。

照理來說，如果前後都有按鈕，一般人應該都會按前面的吧？依照這條常理，是女學生按按鈕的可能性似乎不高。

老太太在車上仍撐著拐杖。現在還不到中午，她的眼皮卻已經快要闔上了，繼續這樣下去，恐怕再過不久就會開始打瞌睡吧。她很有可能是在半夢半醒之間聽到「檜町」二字，才匆匆按了下車鈕。

老太太穿著藍黑二色的毛衣，外面是深褐色的背心。我忍不住想著，好像很暖呢。她還戴了手套，看起來像是皮製的，但我不確定是不是真皮。奇怪的是，她只有握住拐杖的左手戴了手套，右手則是按在左手上。

此時我突然發現，老太太的脖子上掛著什麼東西。尺寸和銀行卡差不多大小，放在透明的票夾裡。我迅速地瞥見卡片上的文字，那是「敬老票」。我想起來剛才的廣播。也就是說，老太太的年齡在六十五歲以上。咦？還是六十歲？

那個下車鈕就在她伸手可及的位置。但我還是有些懷疑，從下車鈴響起到我發現按鈕上的汗漬消失頂多只有十秒，這個老太太有辦法在這麼短的時間內伸手按按鈕、再把手放回拐杖上嗎？

「小鳩。」

在人數已大幅減少，但還是十分擁擠的車上，仲丸同學叫了我。她的聲音壓得很低，似乎很怕打擾到別人。

我把視線從觀察對象的身上拉回來，回答說：

「嗯？怎麼了？」

「有什麼好事嗎？」

我想不出有什麼好事。

「沒什麼。」

「可是你看起來很開心的樣子。」

我很開心？真的嗎？或許吧。如果我真的把心情表露在臉上就太大意了。就算沒有裝得愁眉苦臉，至少也該把嘴抿緊一點。

繼續吧。

就算努力觀察，若是不知道自己究竟想找出什麼，那看了也跟沒看一樣，因為人在按下一個普通塑膠按鈕之前和之後，外表上不會有太大的差別。不過，如果能看到他們的手指，說不定還沾著剛剛被抹去的汙漬。

不對，仔細想想，說不定會有這種情況：如果有個乘客在車上吃開心果，他為了按按鈕而探出上身的時候，原本放在腿上的果殼就會掉到地上。那麼，這個原理有辦法運用到現在的情況嗎……

沒辦法。這兩人的腿上都沒有果殼落下，腿上也沒有毛毯之外的東西。我總不能貿然要求「能不能讓我看看你們的手指」。

所以我若想判斷出「按按鈕的是哪一個人」，再怎麼觀察都得不到答案。

我需要知道的是，老太太和女學生之中的哪一個人會先下車。那麼，很快就會下車的人會表現出怎樣的特徵呢？

我向仲丸同學問道：

「要我幫妳拿圍巾嗎？」

因為車上十分擁擠，溫度比外面高很多，我幾乎都要流汗了。仲丸同學已經鬆開圍巾，讓脖子降降溫。

「好啊，謝謝。」

仲丸同學笑著說。

可是坐在座位上的女學生依然緊緊裹著圍巾。這是不是可以當成她很快就要下車的跡象呢？

……大概不行吧。

我們會覺得熱，是因為在爆滿的車上和其他乘客互相推擠。坐在座位上的的女學生又不用跟人擠，圍著圍巾也不是什麼奇怪的事。

那麼老太太的情況呢？她只有一隻手戴著手套，是因為準備要下車嗎？
硬要說的話，或許是這種情況：老太太原本兩隻手套都脫下來了，因為快要到站，才戴上左手的手套，然後按了下車鈴，但她很快就發現自己按錯了，所以沒有再戴上右手的手套。
並非完全不可能，但我覺得可能性不大。而且她的右手為什麼微微發白呢？她把手握得那麼緊，是因為生氣嗎？
那麼，女學生的書又要怎麼說？如果她把書本闔上，放進托特包，身體挺得筆直，我猜都不用猜就知道「喔喔，她一定很快就會下車」。但事實正好相反，她現在還在看書，這就表示她沒有在準備下車嗎？
不行。無論她是很快就要下車，或是還沒要下車，都沒辦法從她還在看書這件事上推論出來。
仲丸同學說道：
「嘿，到了『Panorama Island』以後我們先去鞋店好嗎？我想買雙靴子，但又不能穿到學校，該怎麼辦呢？」
不能穿靴子，那要不要乾脆穿雪駄（註1）？雖說雪駄和草履很難區分。

1　貼了防滑竹皮的無齒木屐。

準備下車的人會做什麼呢？會收起手上的東西，戴上帽子，然後穿過人群跳下車子，走在路上。只有這樣嗎？如果我下一站就要下車，我會做什麼呢？

時間所剩不多了。現在情況緊急，我得加快推理速度才行。

我想啊想，想啊想。要下車的人會怎麼做？

要下車的人……

正在思考時，我無意識地把手插進口袋。

……啊，對了。

我突然感到很痛快，同時又想要破口大罵。我為什麼沒有發現呢？我真是為自己的愚蠢感到不可思議。我的腦袋鐵定是被普通的害羞、普通的閒聊、電影、購物、假笑而搞得生鏽了。當然是零錢啊！能解決一切問題的就是零錢。

能給我提示的東西不是別的，就是我的口袋。公營的公車是上車投幣，但民營的木良公車不一樣。

車資是下車時才付。也就是說，搭木良公車的人下車時會拿著零錢。

我很清楚老太太右手裡握的是什麼東西，就像是有透視眼一樣。她那緊握的手裡一定握著零錢，錯不了的。除此以外，沒有其他理由讓她在公車上要一直脫下右手的手套。

簡單說，就是這種情況：她的兩手都戴著手套，然後她拿出錢包，但是戴著手套沒辦法拿出零錢，所以她脫下右手的手套，抓起零錢，她知道等一下就要把零錢丟進投幣箱，所以現在先不戴上右手的手套。

光是想出結論，還不能令我滿意。小鳩常悟朗竟然為了這種簡單的判斷而耗費這麼多時間，這種事情我應該要一眼就看出來的。

也罷，現在想出來還不遲。呃，對了，我為什麼要找出準備下車的人呢？

喔喔，對啦，是為了座位。

但是。

我重新開始運轉的觀察力在千鈞一髮之時阻止了我的失誤。我像被雷打到似的，赫然停止動作。

連我自己都無法解釋，為什麼我會在這時突然遲疑。不知為何，我突然覺得「光是這樣還不夠，我把某些事情漏掉了」。我漏掉什麼了？

我看看老太太。拐杖。戴著手套的左手。赤裸的右手。還有，掛在她脖子上的是什麼？

平日白天可免費搭乘市內公車的「敬老票」。

就是這個。我的觀察力發現的端倪鐵定就是這張車票。

真驚險。老太太有敬老票，所以她下車的時候不需要投幣。

「啊，你剛剛說了什麼？」

仲丸同學問道。我露出笑容，只用笑容回答她「沒什麼」。

那麼，我剛才的觀察全都白費了嗎？

我要下車的時候會從口袋的零錢之中拿出兩百一十元投幣，但是老太太只要出示敬老票就好了，這樣根本沒辦法知道她是下一站就下車還是要坐到終點站。女學生也一樣，如果她夾在那本可惡的書裡面的東西如我所料，是市內公車學生優惠定期票，她下車時一樣也只要出示車票……

可是。

這樣難道沒有奇怪之處嗎？真的沒有嗎？

有市內公車學生優惠定期票的人在下車時只要出示車票，有敬老票的人在下車時只要出示車票，這點是沒有錯。剛才車上的廣播已經說明了敬老票的效果，而我也親眼見識過仲丸同學使用市內公車學生優惠定期票，所以絕對沒有問題。

如果這裡沒有問題，那就是其他地方有問題了。

我升上高中以後有過幾次類似的經驗。我有一位粗枝大葉的朋友做了熱可可，可可粉和杯子沒有問題，問題是出在外面。同一個粗枝大葉的傢伙還曾經給我留下密碼，最後還是靠著外面的線索才有辦法解決。關鍵就是外面。我得專心思考，我的眼睛得看穿外面的黑暗。

「……終於想到了。」

一旦找到公式，我很容易就發現了令自己感到不對的是什麼事。

我移動身體，然後輕拉仲丸同學的袖子。

「妳站過來。」

「啊？為什麼？」

她雖然質疑，但在擁擠的公車上移動幾十公分並不是什麼奇怪的事。仲丸同學很自然地站到女學生的身旁，如同一開始就打算站在那裡。

我在站牌與站牌之間的思考，仲丸同學看出來嗎？

答案果然靠著觀察力就能找到。我的直覺依然沒有出錯。但是光從老太太和女學生的身上觀察不出任何事情，非得擴大觀察的範圍不可。

我一開始就該發現仲丸同學的行動不合理了。

她有市內公車學生優惠定期票，只要使用那張車票，她就能搭木良公車去任何地方。

我這個想法其實是錯的……如果真是如此，仲丸同學就沒必要做那件事了。

她沒必要一上車就拿出五百元硬幣去兌幣機換零錢。

因為下車的時候得付零錢，所以仲丸同學才需要換零錢。這麼說來，難道市內公車學生優惠定期票沒用了嗎？

不是的，市內公車學生優惠定期票的效用只限於「市內」。

木良公車的車身上已經寫了，票價一律兩百一十元。更精確的說法是「市內」一律兩百一十元。

但我從一開始就知道，「Panorama Island」購物中心不在本市，而是在河對岸的鄰市。

仲丸同學之所以要換零錢，是因為她知道光靠定期票不能搭車到鄰市。老太太的情況也一樣，敬老票也只能在木良市內使用，剛才廣播就說過了。

也就是說，握著零錢的老太太最快也要離開木良市以後才會下車。

既然不是老太太，那按錯了下車鈴、打算在檜町某處下車的人當然是女學生。

仲丸同學能看出我這番思考過程嗎？

我忍不住喃喃說道：

「大概不行吧。」

因為仲丸同學本來就知道搭車到「Panorama Island」需要準備零錢。要用智慧來填補知識的差距總是很辛苦的。

公車停了下來，司機說：

「檜町圖書館到了。」

有人按了下車鈴。女學生意猶未盡地闔上書本，穿過人潮走向前門。當她出示定期票走下車時，仲丸同學眼前出現了空位。

仲丸同學看著如同天外飛來的空位，笑得像花一般燦爛。

「哎呀，太幸運了！」

3

不主動為自己製造機會的人是傻子。

不懂得抓住機會的人是笨蛋。

要說我是哪一個嘛，可能比較接近笨蛋吧。突然到手的八分之一版面該寫些什麼呢？

這確實是我期盼已久的好機會，但是……

新年的第一次編輯會議就在明天，我卻在放學後的教室裡抱頭苦思。來到新的一年，寒假都過完了，我卻還是想不出來要寫什麼。桌上放著全白的筆記本。在筆記本的對面是冰谷鬱悶的臉。

「不可能什麼都沒有吧？反正你先隨便想一個，說不定可以藉此找到突破點。」

這傢伙從放寒假之前就一直陪我商量專欄的內容，沒能回報好友的義氣真是令我汗顏。沉默不語也無濟於事。雖然我自己都不抱希望，還是勉為其難地提出：

「聖誕節的時候有一對情侶在撞球間被抓去輔導了。男的是我們學校的學生，好像還不至於被停學或是遭到其他懲罰。」

「喔？」

「有人在『Panorama Island』偷了收銀機的錢，小偷還沒抓到，所以不能確定那人的身分，但我聽說那是個高中生。」

「這樣啊？」

「E班有人出車禍，他騎腳踏車時被右轉的機車擦撞，腳骨骨折，進了醫院。」

「有這種事？」

冰谷只是隨口附和，之後就不說話了。的確啦，與其言不由衷地鼓勵，還不如保持沉默。

報導夜遊被逮和交通意外這些無聊事太沒意思了，或許堂島社長不會說什麼，但我可以想見門地鐵定會取笑我只有這點水準。第一次的專欄一定得找個精彩題材撐起場面才行。

偷竊收銀機的事比較有意思，若是仔細調查詳情，或許可以寫成一篇精彩的報導。可是那能刊登在《船戶月報》上嗎？而且我本來打算寫綁架案，結果最後卻寫了竊案，等級是不是差太多了？我不禁由衷憎恨這世界發生的亂象太過微不足道。

「你不是問過很多人嗎？有沒有能用的題材？」

我含糊地點頭。

「嗯……我確實問了一些人。像補習班朋友之類的。」

「有問過前輩嗎？」

我一時之間還沒會意過來他說的是哪個前輩。是說堂島社長嗎？還是門地？無論是哪一個，我都不可能拉下臉去拜託他們提供題材。

但冰谷說的並不是他們。看我如此苦思，冰谷露出了調侃的笑容。

「就是那個看起來比你稚嫩的可愛前輩啊。」

他說的是小佐內。

我不喜歡他隨便說小佐內可愛。真想在他的肚子上再來一拳，但我們兩個現在都是坐著的，我打不到他。無論如何我都得表示抗議，所以我哼了一聲。

但我之後還是回答了他：

「沒有，我沒跟小佐內商量。」

「是『小佐內學姊』吧。」

「閉嘴……該怎麼說呢，總覺得問了也沒用。她看起來像是交遊廣闊的人嗎？」

「這我又不清楚。好像不是吧。」

像小佐內那麼怕生的人，問她知不知道有什麼大事件，問了也是白問。就算問了，她大概只會回答她對哪間店的甜點有何評價吧。

而且……

冰谷的敏銳真是不容小覷。他賊兮兮地笑著說：

「而且你也不想找她商量，你只想讓她看到你好的一面。」

這次我直接出拳，打在冰谷的額頭上。匡的一聲。聽起來比我想的更痛。

被他說中了。

或許是我太愛面子，但我覺得找她商量未免太遜了。我無論如何都要瞞著小佐內寫成這篇報導，然後酷酷地說著「我寫了這玩意兒」，把報導拿給說過要支持我的她。

如果我一直寫不出東西，別說是裝酷了，我甚至會羞恥到沒臉見她。

挨了我一拳以後，冰谷就不再開玩笑了。

「找不到題材又不是你的錯。校刊社還有其他成員，你大可讓別人先寫啊。」

我皺起眉頭。

「是沒錯啦……」

「等到你有好題材的時候再要求大家讓你寫就好了嘛。」

我猶豫了一下，但我覺得瞞著冰谷實在太不應該，所以還是硬著頭皮說出來：

「其實我也這麼想過。」

「果然。」

「可是……」

我咬緊牙關。

「就算這麼做也不能改變情況。第一個負責寫專欄的雖是五日市，但我第二個寫已經是既定模式了。如果我不自告奮勇，別人一定會說『那傢伙果然不行』。而且……」

我欲言又止。

「……而且這樣會讓我覺得錯失了機會。畢竟高中只有短短三年。」

冰谷好一陣子都沒開口，他只是盯著天花板，輕嘆一口氣，露出一副「真是拿你沒辦法」的笑容。

「時間有限，而且幸運女神只有前髮。我是不是也該這樣想呢？」

「每個人的情況不同啦。或許是因為我沒有多少長處，才會這麼焦急。」

「沒這麼嚴重啦。但我可以理解你的心情。」

冰谷說完就把手伸進書包裡。我還以為他打算回家了，結果不是這樣。他打開書包，拿出黑色的資料夾。

「我本來覺得擅自幫忙會傷到你的自尊心，現在看來你真的很有決心，那我也就不再顧慮了。」

那個資料夾輕飄飄的，但我知道真正重要的事也可以只寫在一張便條紙上。我戰戰兢兢地接過他遞出的資料夾，像是拿到禁書似的。

「這是……？」

「可能對你有幫助吧。」

我慢慢地打開。

（十一月十日　讀賣新聞　地方版）

木良市發生可疑火災

十日凌晨零點十五分左右，木良市西森二丁目發生了小火災。西森第二兒童公園的垃圾桶起火燃燒，延燒範圍約一平方公尺。附近沒有可能的火源，木良警署懷疑是人為縱火，正在進行調查。

——

（十一月十日　每日新聞　地方版）

木良市西森火災

十日凌晨零點十五分左右，木良市西森二丁目的西森第二兒童公園的垃圾桶起火燃燒，一位路過的男性打了一一九報案。火勢延燒到周圍一平方公尺的範圍，沒有人員受傷。木良警署認為是人為縱火。

——

（十二月八日　朝日新聞　地方版）

木良市小指可疑火災

八日凌晨一點左右，木良市小指某處有廢棄建材起火燃燒。木良西警署懷疑是遭人蓄意縱火，正在進行搜查。

調查結果顯示，木良市小指一丁目的建材堆放處發生了火災，一根木材被燒毀。

居民和消防員滅了火，沒有人員受傷。

——

這是剪報。從報紙的影本剪下來的。

我一下子就看得出神，冰谷很難得地用極快的語速說道：

「還有另一件消息，我們船戶高中的園藝社會去借用葉前的田地，去年十月從田裡割下來的草被人燒了。」

接著冰谷站起來，彷彿事情都解決了。

「如果用得上你就拿去用吧，但我可不知道結果會怎樣喔。就算你不想用，也別跟我囉嗦。」

看著他穿上外套走出教室的身影，我什麼都沒有說。

……真頭痛。

不只是小佐內，現在我也得好好表現給冰谷看了。

這是連續縱火。

連續縱火作為報導題材確實很有看頭，而且船戶高中可能也蒙受了災害。毫無疑問，這個材料是可以用的。

我訂出了兩點調查原則。

第一點是不能讓小佐內知道，第二點則是遇上瓶頸就毫不猶豫地去找冰谷幫忙。

關於小佐內那點不用說，只是為了我的自尊心，冰谷那點就比較複雜了。如果我可以獨自一人寫出報導是最好的，但我絕對不能忘記這題材一開始是冰谷提供給我的。也就是說，全部自己一個人做完感覺好像是偷了人家的題材，感覺不太舒坦。其實冰谷並不是校刊社的成員，我也覺得自己顧慮太多了。

我在新年一月的編輯會議上說明題材時沒有一副自信滿滿的樣子，也是因為顧慮到這一點。雖然我很想威風凜凜地開始這寶貴的專欄，但我就是沒辦法。

會議進行得和原先想的一樣順利，也就是說，首先是決定主要的報導內容。說是決定，其實二月號早就訂好了「聯合模擬考結束，大考即將到來。學長姊的佳句分享特輯」。然後堂島社長像是突然想起似的，問道：

「對了，二月號的專欄誰要寫？」

「我來寫。」

我立刻自告奮勇。

「瓜野要寫啊。你想寫什麼?」

我敘述了市內發生的連續縱火案,也提到了報紙的報導。社長一直用嚴肅的表情聽著,門地卻是一副看不起人的嘲笑嘴臉。但是只要社長願意聽,門地就沒辦法干涉了。

「所以我想要寫這篇報導,這也是為了提醒大家小心用火。」

我說明完畢之後,堂島社長緩緩地點頭。

「這樣啊。還有其他人想寫嗎?沒有嗎?那就交給瓜野了。」

一旦開了先例,進展就順利得令人難以置信。因為有五日市開路,冰谷鋪路,我才得以毫無困難地邁步向前。

其實我默默地猜想,岸可能也很想寫吧,因為五日市在十二月的會議上提議開闢新專欄時,岸也是站在支持的一方。我懷疑總是缺乏幹勁的岸會支持五日市是因為他自己也有想寫的東西,不過這次開會時他一直躲著堂島社長的視線在滑手機,什麼都沒提出。

這麼一來欄位就到手了,接下來可要好好地幹!我正在振奮精神,堂島社長卻給我潑了一盆冷水。

「你一個人調查這麼大的題材會很辛苦吧。怎樣啊,五日市,你想幫忙嗎?」

突然被叫到名字,令五日市睜大眼睛,他還忍不住「咦」了一聲。

他當然會驚訝,因為我也一樣。我本來打算自己一個人做的,就算要找人幫忙,我也會找冰谷，我可沒打算把擔子再丟給別人。

「你可以嗎？」

在社長銳利目光的注視下，五日市非常驚慌，連話都說不好了。

「可是，我、我上個月才剛寫過……」

「我不是叫你寫，而是覺得瓜野一個人做有點吃力，所以問你要不要幫忙。」

「可是，我、我上個月……」

他顯然是不想幫忙。我偷瞄了一下，發現岸垂著眼簾，像石頭一樣毫無動靜，彷彿很怕事情會落到自己頭上。

這個安排對誰來說都是毫無意義。我開口說道：

「社長，我自己一個人就行了。」

「瓜野都這麼說了……」

五日市懦弱的聲音跟著說道。

「既然他自己想做，那就讓他做吧。」

門地不耐煩地插嘴說。我這次倒是很感謝他。我自己一個人做會比較方便，就算不行也還有冰谷，根本用不著五日市。

看到五日市這麼不乾不脆的態度，社長也沒再繼續勉強他。我又瞄了岸，但他怎麼看都比五日市更不願意幫忙。

「可是你一個人……」

即使如此，社長還是不打算把專欄全部交給我。我終於忍不住發起脾氣。

「我不是說了不需要別人幫忙嗎？如果這麼不信任我，就叫我退社啊，我隨時可以離開。」

社長嘆了一口氣。

「問題就是你這副脾氣。」

他稍微探出上身。

「我了解你想要一個人寫的心情，我也覺得你做得到。這方面我是相信你的。但你實在太激進了。事到如今，我不會叫你不要寫，可是你要寫這個題材一定得去訪問校外的人，我就坦白說了吧，要是沒有人在旁邊拉著你，我很擔心我們校刊社、甚至是船戶高中的名聲都會受到影響。」

「名聲！怎麼可能……」

「那我問你，你說建材堆放處疑似遭人縱火，難道你不會跑去建材堆放處調查嗎？」

我很想說「你可別小看我」。

……但我沒有再像剛才那樣直接了當地回嘴。我仔細想了一想，明知建材堆放處是火災地點，難道我不會跑去看嗎？

工地通常沒有柵欄。若是架了有刺鐵絲網，或許我還會有些顧慮，如果那裡看起來就只是一塊空地……

我嘴上沒有承認，但答案已經很明確了。毫無疑問，我一定會跑進去看。

「如果到時有人盤問你『是誰』、『在這裡做什麼』，整個校刊社都會被你拉下水，你明白嗎？如果我也在場的話就可以阻止你了。要進去採訪必須先取得地主的許可。你做事有這麼謹慎嗎……」

社長之外的人都沒有插嘴，岸從一開始就沒在聽，五日市則是在發呆。門地瞪大眼睛看著堂島社長，彷彿不明白他在講什麼。

社長思索片刻，然後說道：

「……算了，既然你這麼要求，這件事就交給你吧。瓜野，做事小心點，如果有人問你，就說是船高校刊社要做防災特輯。如果還是惹上麻煩，你得在事情鬧大之前先打電話給我，知道了嗎？」

這一天，我明白了兩件事。第一件是原來我被人看得這麼透徹。

另一件則是堂島學長真是個稱職的社長。

◇

最合理的做法就是先從園藝社著手。

老實說，我根本不知道我們學校有園藝社。船高的社團活動不算特別興盛，雖然我自己參加的校刊社也是學藝類社團，但我覺得會加入那種冷門社團的人一定都是個性陰沉的傢伙。

經過調查，我才知道自己班上也有園藝社的社員。我原本以為那人一定不怎麼樣，沒想到卻猜錯了。參加園藝社的是個文武雙全、在班上非常引人注目的女生。

班會結束後，學生紛紛起身離座。我要找的那個女生也拎起書包，正準備離開教室。我急忙跑過去。

「里村同學，妳現在有空嗎？我是校刊社的，有些事想要請教妳。」

我如此向她攀談。

園藝社的里村絕對不是個親切的人，相反的，她是很難搞的女生，在校慶時還會把派不上用場的男生趕走。我本來有些擔心，但里村看到我來攀談並沒有露出厭煩的表情。

「嗯？爪野？有什麼事？」

「真過分，我不是爪野啦，是瓜野。」

「抱歉抱歉。」

她笑著說。「爪」和「瓜」寫起來確實很像，但里村不可能是用文字來記我的名字吧？也就是說，她只是在跟我開玩笑。

冰谷聽見我們在談話就湊了過來。

「這不是里村同學的錯，是你的名字太罕見了。」

這傢伙也在笑。事實上，他隨時隨地都在笑。

「啊，對了，是瓜野。校刊社的。喔……那你要問什麼？」

冰谷一走過來，里村的視線就轉向他，沒有再移回來，所以她是側著臉問我的。

「里村同學，妳是園藝社的，對吧？」

「是啊。」

冰谷插嘴說：

「妳有在做什麼運動嗎？妳的腳程很快耶。」

「你是在說我腿粗嗎！」

里村一聽到這玩笑話就抬手準備揍人。冰谷一加入就讓氣氛變得很輕鬆，話題也跑偏了。我心想，如果好好運用他這特質，或許能得到不少好處。但現在重要的是……

「你別礙事啦。」

「喔喔，抱歉抱歉，那我退開吧。」

冰谷真的後退了半步。

我繼續說道：

「我想問一些園藝社發生的事，可以嗎？」

「嗯，可以啊。大家都不知道園藝社是幹什麼的，跟校刊社差不多。」

我們校刊社可是每個月都把八頁的報紙一一發送給全校學生耶。算了，這倒是可以成為話題的開端。

「那你們都在做些什麼？」

「種花啊，像是校舍外面的花盆，那些都是園藝社種的。」

「啊？全部都是嗎？那些還挺多的耶。」

「全部嗎……應該是吧。抱歉，這點你得去問二年級的。」

我把剛才問到的事都用手邊的筆記本簡單地記下來。雖然我覺得沒必要寫，但總覺得寫下來比較有禮貌。

差不多該進入正題了。

「對了，那些花是在葉前種的嗎？」

里村一聽就露出無趣的表情。
「什麼嘛，原來你都知道了。」
「我只知道你們在葉前借了田地。」
「不是田地，而是溫室。只是借了一個小角落來用。」
所以起火的地方是溫室嗎？這和我聽到的不太一樣……我如此思索時，里村覺察到了我的表情，喃喃說道：
「喔喔，所以你想問的是那場火災啊。」
我不知道為什麼會被她看穿，不免有些慌張，但我很快就鎮定下來。我對園藝社的事一無所知，卻知道他們在葉前借了田地，會被她看穿我想要打聽可疑火災的事也很合理。她如此敏銳倒是幫了我一個忙。我點頭說：
「是沒錯，那件事……」
我還沒說完，就被厲聲喝止。里村橫眉豎目地說：
「在那之前，我得先說一件事。咦？還是兩件？應該是三件吧。」
又沒有必要事先確定數量。
「無所謂啦。首先，燒起來的不是園藝社借的田地，而是親切地借溫室給我們的田中先生的空地。如果校刊社要報導，那我什麼都不會說，因為學生指導部已經教訓了我們一頓，叫我們不要跟別人談論這件事。話說回來，你是從哪裡聽來的？」

我毫不猶豫地指著斜後方。

「這傢伙。」

「等一下，瓜野，對資料來源保密應該是記者的職業道德吧？」

冰谷看到矛頭突然指向自己，立即開口抗議。反正我又不是記者。

但里村的表情稍微緩和了一點。

「什麼嘛，原來是冰谷啊。」

我想冰谷至今為止的人生一定得到了不少好處吧。既然火藥味變淡了，我又繼續說：

「如果妳希望我不要報導，那我就不寫了，反正我還有更重要的題材。不過我還是希望妳可以告訴我，為什麼你們會因為山田先生的空地發生火災而挨罵呢？」

「是田中先生啦。」

里村轉回來看著我，嘆了一口氣。

「挨罵的理由啊，很可笑。

要維持溫室也得花一筆開銷，我們覺得白白跟人家借用不太好意思，所以就說要幫他的空地割草。一開始只是割草，所以我們去向田中先生借鐮刀，後來情況有變，空地上有一塊農業互助協會的招牌，他說那東西沒有用，叫我們順便處理掉。

那東西真是蠢斃了，是一塊很大的木板，用小學生般的字跡寫著『多吃蔬菜』。這種東西的確沒有任何用處。」

……的確，如果寫的是「多吃本地蔬菜」或是「多吃國產蔬菜」還有點意義，光是叫人吃蔬菜有什麼意思啊？

「我們從學校帶了鐵槌和手套，一組負責拆招牌，一組負責割草。拆招牌的那一組比較早做完，但又沒有多餘的鐮刀，不知道該做什麼。

總共花了兩個小時吧。我們問田中先生該怎麼處理割下來的草和拆掉的招牌，他叫我們堆在一起就好了。我們照他說的做了，可是過了一週左右就聽到火災的事。

田中先生什麼都沒說，但農業互助協會的人很生氣地抱怨『都是船高園藝社的學生沒有好好收拾，招牌才會被燒掉』，我們學校的學生指導部還真的相信了，搞得我們名譽掃地。後來聽說只是草被燒掉了一點，根本沒有燒到招牌。我們被狠狠教訓了一頓，但我們連為什麼挨罵都搞不懂。」

「真慘耶。」

冰谷立刻說道。

「就是說嘛。我們真的很冤枉。」

里村拍了拍冰谷的肩膀。我聽了只覺得這是很稀鬆平常的事，我該表示同情嗎？

現在才說什麼感覺也很敷衍，所以我繼續問道：

「那是什麼時候的事？」

「什麼時候喔，很久了耶。你想知道確切的日期嗎？」

「可以的話。」

里村想了一下，喃喃說著「可能還在吧」一邊拿出手機。她看似不太習慣，動作笨拙地按著按鈕。

「我用手機拍下了起火的地方……喔喔，就是這個！」

雖然她這麼說，卻沒有把手機給我看。

她大概不想隨便讓一般的男同學看她的手機吧，我可以理解她的心情。我最近本來想要把小佐內吃焦糖慕斯蛋糕的畫面設定成手機桌布，但是一想到會被別人看到就作罷了。

「呃……十月十五日。那天是星期一，之前的星期五應該是十二日吧。」

這樣啊。我寫了下來。

「你們知道起火的原因嗎？」

「聽說好像是有人縱火。火在半夜燒起來，後來就自己熄滅了。若是木頭做的招牌還比較容易燒，但草裡有很多水分，所以不太燒得起來。」

這麼說來，一開始就知道是人為縱火？

從里村的話中聽來，學生指導部勒令他們封口並沒什麼特別的用意，可能只是罵完之後順便說一句，不然就是「總之你們不要跟別人多說」之類的吧。

我還有一件很在意的事。

「那裡的溫室和空地一眼就能看出和船高有關嗎？」

「應該看不出來吧。我們又沒有掛招牌。」

也就是說，這不是針對船高而做的縱火案。我本來希望專欄可以和船高連上關係的，真可惜。

我向里村道謝，打算結束對話，里村卻突然說道：

「啊，對了，還有一件事。這件事連學生指導部都不知道。」

聽起來像是有用的資訊。我握緊手上的筆。里村看到我這個動作，似乎更有信心了。

「那天有東西不見了。」

「不見了？是什麼東西？」

「是我們從學校帶去的鐵鎚。」

鐵鎚啊……

我姑且先寫下來，但心底有些失望。遺失鐵槌和連續縱火案的嚴重性截然不同。對里村來說大概就不是這樣了。

「那可是學校的東西，弄丟會很麻煩的。結果我們只好湊錢賠償，真叫人生氣。」

「每個人付了多少錢？」

她歪著頭思索。

「……大概三百圓吧。」

怎麼看都只是雞毛蒜皮的小事。

◇

下一個星期六，我騎著腳踏車出門。

我只是想去看看起火地點，其實我自己一個人去就行了，但我還是找了冰谷一起去。大概是因為我還記得堂島社長的警告吧，雖然很不甘心。

目前所知的縱火地點包括：十月「葉前」、十一月「西森」、十二月「小指」。這三個地點都在木良市的西邊，橫跨了很廣的範圍，並非彼此相鄰。要從葉前的北端走到小指的南端恐怕得花上一天，就算騎腳踏車也是很遠的距離。即使冰谷一開始就知道距離很遠，但他一路上都沒有抱怨，我不由得在心底默默地向他道謝。

現在是一月。木良市很少下雪，但一月前後還是會有些許降雪，路邊還剩下一些未融的積雪。我出門時是九點，若是路面結凍就去不成了，還好今天很晴朗，是出門採訪的好天氣。

我和冰谷約在船戶高中。我提早十分鐘到達，但他已經站在校門前了。他先開口說：

「好冷啊。」

冰谷穿了大衣，而我穿的是夾克，我們兩人都戴了圍巾和手套。即使如此還是無法完全阻隔一月的冷空氣。

「只要動起來就會漸漸變暖的。」

我努力地出言安慰。現在畢竟是冬天，就算太陽升起來，氣溫也不會升高。

「要先去葉前嗎？」

我說完就要開始踩踏板，但冰谷叫住了我。

「等一下。你還不知道嗎？」

「知道什麼？」

「聽說又發生縱火案了。」

「……真的嗎？」

我一聽立刻跳下車。冰谷難得露出頭痛的表情。

「真的，不過我們今天應該沒辦法去。在茜邊有廢棄的腳踏車被燒了，但我不知道詳細的地點。」

「什麼時候的事？」

「今天的早報有報出來，所以大概是昨天吧。抱歉，我應該把報紙帶來的，但我忘記了。」

昨天，也就是一月十一日星期五。

我咬住了下唇。怎麼會發生這種事？

我家也有訂報紙，但我沒有仔細看。今後我得更關注新聞，至少也要關注我們市內的縱火案新聞。

「要怎麼辦？」

想看到早報的話多的是方法。但冰谷說的沒錯，就算看到了報紙，我們也沒辦法今天立刻去調查。

「……走吧。按照預定計畫，從葉前開始。」

「也只能這樣了。」

冰谷點點頭，騎上了腳踏車。

騎得越快，風就越強，所以我和冰谷都沒有加快速度。我只有上學的時候才會來到船高這一帶，雖是平日看慣的景色，不過今天是假日，所以看不到半個船高的學生，這反而令我感到很新鮮。

我們騎上了外環道路。人行道很寬，護欄看起來也很堅固。路旁立著「腳踏車可通行此人行道」的告示。

雖然騎得很慢，但我們很快就到了葉前的火災地點。這也很正常啦，畢竟園藝社的人用走的都到得了。

葉前已經開闢了新路，但人潮還沒有跟著移過來，道路兩旁很荒涼，除了農地以外只有荒廢的空地，此外還能看見幾座溫室。

人行道的前後兩方都看不到行人。我逐漸降低車速，停了下來。

「是這裡嗎？」

冰谷問道。

「等等，我確認一下。」

我拿出手機，找出照片。這裡的景色看起來都差不多，分不出哪裡才是出事的空地。

「我請里村把火災地點的照片寄給我了。她說一眼就能看出來。」

聽到我如此解釋，冰谷就露出揶揄的笑容。

「真厲害耶，瓜野，你真的很厲害，我很佩服。如果我像你這麼有行動力就好了。」

「你在說什麼？」

「里村會寄照片給你，就代表你們已經交換信箱了。這招真是高明啊。里村同學很漂亮呢。」

胡說八道。他只要笑著說「給我妳的信箱」，女生就會把信箱和手機號碼全都告訴他吧。

我不悅地回答：

「那個女生很凶耶，我才不想靠近她。」

冰谷聽了倒是重重地點頭。

「是沒錯啦。我懂我懂，因為小佐內學姊一點都不凶嘛。」

我懶得跟他繼續抬槓，默默地比對手機裡的照片和眼前的風景。

我舉著手機，一下子轉右，一下子轉左。我努力地找尋照片上的風景，但卻只能疑惑地歪頭。

「……怎麼了？」

「沒什麼。大概是這裡吧。」

我們停腳踏車的地方剛好就在要找的溫室前面，的確是很幸運啦，而我沒有立刻認出來是有理由的。冰谷也很快就注意到這一點。

「就是這裡嗎？可是……什麼都不剩耶。」

現在溫室裡好像沒有種東西，往裡面看過去，看不到任何植物。旁邊確實有一塊空地，地上還殘留著一些雪，看起來髒髒的，或許是被路上車輛的廢氣染黑的。現在是隆冬，雜草都枯萎了，空氣也很乾燥，現在放火的話恐怕一下子就會燒起來。

我完全找不到三個月前的縱火痕跡。里村說過，葉前的火災很快就熄滅了。就算是這樣，多少也該留下一點痕跡吧。我姑且還是用手機拍下周遭的情況。我得快點想辦法弄一臺數位相機，否則一點都不像校刊社的。

我在火災現場走來走去，拍了一些照片，但這樣根本沒有意義。真的沒有任何痕跡嗎……

此時冰谷突然對我說：

「瓜野，這個和火災有關嗎？」

「你找到什麼了？」

我跑過去看，冰谷指著豎立在人行道上的交通告示，上面寫著限速五十公里。告示牌上有碰撞的痕跡，好像是被某種硬物撞凹，油漆也磨掉了，不像是腳踏車撞的。

「很難說……」

我不能確定。那個痕跡沒有很舊，但也無法斷定和三個月前的事件有關。我姑且還是拍了照片。

接下來我仍鍥而不捨地調查，冰谷沒有抱怨，但他好奇地問道：

「既然沒有火災的痕跡，這裡就只是一塊普通的空地，有什麼好看的？」

「喔，我心裡有一些疑問，晚點再告訴你。」

不過今天真的很冷。雖然意猶未盡，但我還是適可而止，騎腳踏車前往下一個目的地——西森。

我本來打算晚點再說，但是騎在人行道和車道上朝著西森町前進的途中除了看看交通號誌之外也沒什麼要做的，我便說出了自己在思索的事。

「我覺得必須仔細拍下葉前的火災地點。」

「為什麼？」

冬天的週六上午，人行道上沒有多少行人。我和冰谷並肩騎著腳踏車。

「因為這是第一期專欄，只寫『連續發生可疑火災』就太無趣了。你好心提供題材給我，我一定得做出傲人的成績。」

「我知道你很想做出傲人的成績。」

冰谷輕輕地笑了。

「具體來說呢？」

我盯著道路前方，回答：

「我想找出這些縱火案之間的共通點。」

「……原來如此。」

冰谷點頭說道，他的嘴邊卻浮現了諷刺的笑意。

「要是能找到就好了。」

大概找不到吧。不，找不到才正常。

沒人能保證到處蓄意縱火的異常分子會有一貫的原則，說不定只是隨機縱火，我再怎麼想都沒有用。

但還是有試試看的價值。

「假如啦，假如我真的找到了共通點，你覺得會怎樣？」

「那報導寫起來就簡單多了。」

冰谷先說了句玩笑話，然後才開始認真思考。

我真不得不佩服他，他大概只花了十秒就看穿我的意圖了。

「喔，對了。簡單說，你想要找出下一個縱火地點，對吧？」

我用力地點頭。

如果可以找出連續縱火的共通點，說不定會發現某種規律。這麼一來，我的報導就不會只是敘述縱火案了。

本市有個縱火狂，那傢伙已經在四個地方縱火……下一個目標會是哪裡哪裡。

我就可以寫出這樣的報導了。

猜錯的話，只是有些遺憾，如果猜對，那就不得了了，我會成為讓《船戶月報》揭穿罪犯計畫的大功臣，一向不把我當一回事的門地鐵定不敢再小看我，堂島社長也會與有榮焉，而且以後都不會再有人說不知道校刊社在做什麼了。

最重要的是，我可以在小佐內面前表現出威風的一面。

「現在還不能確定有沒有『共通點』，總之先全部看過一遍，拍了照片，才有辦法判斷。」

冰谷不知為何嘆了氣。

「我真的很羨慕你的行動力。」

我知道這傢伙平時的性格，所以我沒有把他的話當真，只覺得又是調侃。如果我現在空著手一定會揍他的肚子一拳，但我現在握著車把，而且手套太厚不方便按煞車，有點危險，結果就錯失了良機。

小鎮的邊境沒有掛出告示牌。在消防署前轉彎之後，我看到電線桿上掛著一塊「木良市西森町一丁目」的牌子。可見我們已經到西森了。

冬天的白天比較短，而現在已經過了冬至，白天正要逐漸變長。我們在木良市裡跑來跑去，最後到了木良站。車站附近不可能遭到縱火，但我現在又餓又累，想要喝個熱飲就回家，所以才來到車站。

站前有一間漢堡店。我跟小佐內交往之後知道了很多市內的店家，不過我原本只是個光吃百圓漢堡也能滿足的人。

果不其然，氣溫到了中午依然沒有升高。冰谷的皮膚原本就很白了，如今變得更加蒼白。要他陪我到處跑真是過意不去。冰谷並不是刻意討好我，他雙手捧著溫暖的咖啡杯，帶著若有似無的微笑問我：

「那？」

這句話真是莫名的好用。冰谷的意思是：「那你有發現什麼收穫嗎？」

西森的公園。

小指的建材堆放處。

報紙上連公園的名稱都寫出來了，我還以為去到附近就會看見，結果卻一直找不到類似公園的開放空間。冰谷始終默默地跟在後面，但我免不了感到後方傳來一股指責我

「為什麼不事先調查清楚」的氣氛。

我們費了一番工夫，好不容易才找到縱火地點。當時冰谷也是這麼說的：

「那？」

西森第二兒童公園雖然名義上稱為公園，實際上卻是一片只有長椅和蔓藤花棚的空地。

地上有燒過的痕跡，光看這點已經比葉前的空地更像縱火現場了。泥土地上還殘留著煤灰。

留有痕跡的範圍很小，就算別人說那是小孩玩煙火留下的，我也會相信。

這個火災地點位於住宅區。不同於已經開闢新路但還沒發展成市鎮的葉前，這裡的建築物很擁擠，道路窄到幾乎沒辦法會車，而且很多地方都有單行道的標誌。葉前的火災地點和西森的火災地點看不出有什麼共通點。

即使如此，我還是靠便利商店的肉包簡單解決了午餐，繼續前往小指的案發現場。我叫冰谷先回家，不用繼續陪我，但他卻笑著搖頭，還是跟了過來。其實我若是獨自一人，鐵定承受不住挫折感和寒冷，到半途就放棄了。

結果就連小指的火災地點也很難說是值得拿出所有毅力去找尋的場所。

我們很快就找到了小指一丁目的建材堆放處。很好笑的是，消防署就在隔壁的隔壁，所以消防員就算直接走過來都行。

雖然找到了建材堆放處，卻找不到任何能證明這裡曾經遭人縱火的跡象。那裡只是一片老舊住宅之間的無人空地，堆放了一些木材和幾根鋼筋。看不見被火燒過的痕跡，現場已經處理乾淨了。被燒到的廢木材只有一根，所以只要把那根木材搬走就好了。再說那本來就是要丟棄的東西，搞不好其實只是一片破爛的木板……

在車站前的漢堡店裡，我避開冰谷的目光輕輕地嘆氣。西森和小指的火災地點不能說毫無相似之處，畢竟兩處都是住宅區，而且建築物都很密集，但就只是這樣。我想不出有什麼跟連續縱火案有關的事能寫，今天一整天好像都白費了，我不禁覺得非常疲憊。

我默默地啃著漢堡。

光是浪費我的時間就算了，但是連冰谷的假日都被糟蹋了，這點讓我很愧疚。面對這種情況，我實在說不出「既然三個地方都沒收穫，那就再去茜邊看看」。

不，還沒完呢。在做出結論之前，我得再仔細思考三個地點能否找到任何規律。如果努力思考過了還是什麼都想不到，到時再為了害冰谷陪我白跑一趟的事道歉吧。

溫室旁邊的空地。

小公園的垃圾桶。

獨棟住宅之間的建材堆放處。

新開闢的道路、限速標誌、三叉路口和電線桿和公園，這些景象一一浮現在我的腦海。

這些都是我們今天看到的東西，而且都是似曾相識卻又陌生的東西。那些市鎮不是我自己住的地方，也不是朋友住的地方，不能明目張膽地到處打量。我只有一些很愚蠢的感想，例如「這就是住宅區啊」、「跟商店街果然不一樣」之類的，但這些感想又不能寫在《船戶月報》上。

「話說回來……」

冰谷的聲音打斷了我的思考。其實我正在想的事情也沒有多重要。

「怎樣？」

「你似乎認為這些縱火案是同一個人做的？」

「是啊。」

「我都還沒問過你為什麼會這樣想。我只是把報紙拿給你看，但我又沒說過這是同一個人做的。」

我有點驚訝。冰谷竟然沒有注意到這件事。

……不對，不可能是這樣。冰谷當然注意到了，所以才會故意要我說出來。我察覺到冰谷的貼心，他大概是要讓我把想法說出來，這樣他才能幫助我整理。

那我就照他的意思做吧。

我從書包裡拿出資料夾。那是冰谷給我的，我又在裡面夾了幾張筆記，所以變得比先前厚一點。

「日期確實有共通點。」

我打開資料夾，裡面跨頁貼著去年的月曆。

「你給我的兩則報導都是刊登在星期六的報紙上，火災都是發生在星期五。向里村打聽到的葉前縱火案很可能也是發生在星期五，所以這三次事件的共通點就是星期五。不過縱火的時間已經過了凌晨零點，或許應該說是星期六。此外，從月曆上可以清楚看出，全都是第二個星期五。」

冰谷點點頭，用眼神示意我繼續說。

「此外，縱火的規模也很類似，燒到的範圍都很小，而且都很快就被撲滅了。葉前那一次就連是不是真的燒起來都還很難說。所以，該怎麼說呢，因為火災的規模差不多，所以我才會懷疑是同一個人幹的。」

我說到一半突然察覺到不對勁。我想了一下，才發現問題何在。

「……不對，規模不是差不多，而是逐漸增加。一開始只是割下來的草堆著火，但火並沒有燒起來，接下來是垃圾桶，火燒起來又滅了，然後則是建材堆放處。如果我沒想錯，三件火災的程度有逐漸增加的傾向，這就證明了三件縱火案是同一人做的。」

「不錯喔，瓜野，你越來越像校刊社的了。然後呢？」

我翻著資料夾，拿出一張對折兩次的木良市地圖縮小影本，攤開放在桌上。

「這裡是葉前，這裡是西森，這裡是小指。」

我指著我們今天走過的路徑，我的手指一直都在地圖的左側，沒有移到右側。

「這三個町沒有相鄰，西森和小指靠得比較近，葉前卻離得很遠。不過，木良市這麼大，這些縱火案卻都集中在西邊。」

冰谷看著地圖沉吟。他倒是沒有刻意表現出驚訝的反應。

「真的耶，從大範圍的地圖來看，的確都集中在同一邊。」

「此外，昨天是一月的第二個星期五。」

這件事證明了我的敏銳度還不夠。既然我已經找到規律，應該知道昨天也會發生縱火案，但我卻只把注意力放在已經發生的三件縱火案，完全沒想到這個月的事。

下個月絕對不能再這樣了。我一邊反省著，一邊指著地圖。

「這裡是茜邊，方位大概在南南西。」

「今後的縱火案也會集中在西側嗎？還是會擴大範圍？這點還不能確定吧。」

我把身子靠著椅背。坐起來不太舒服。

「目前找到的證據都還不算很有力，但我認為靠這些已經能推論出是同一個人做的。」

「這樣啊。如果還有下一次就好了，那就會有更多資料了。」

少幸災樂禍了……話雖如此，其實我也是這樣想的。

說到這裡我才突然想到。

我本來想找出四件縱火案的共通點，但是仔細想想，其實有沒有共通點都無所謂。

用麻將來比喻的話，三張相同的一萬叫作「刻子」，連續的一萬二萬三萬則是「順子」，這樣也是一種牌組。如果縱火地點每次都留下了寫著「A」的紙條，「A」當然是共通點，如果第一次留下了「A」的紙條，接下來是「B」的紙條，接著又是「C」的紙條，一樣代表了重要的意義。

葉前、西森、小指、茜邊四件縱火案的順序，或者是這些位置，是不是隱含了什麼意義呢？

我專心地注視著地圖。不，我不是真的在看地圖，而是在腦海中一一回想著今天看到的東西。

冰谷看到我突然陷入沉默會怎麼想呢？他什麼都沒說，只是一個勁地吃著薯條。不知道過了幾分鐘，車站前突然傳來警笛的聲音。

「啊，又來了？」

冰谷喃喃說道。

我猛然抬頭，看見站前車水馬龍的路上有一輛消防車響著警笛開過來，車身上印著「上町2」的字樣。就算是用於救災的車，也不能把其他車輛撞開。雖然消防車響著警笛，卻因嚴重塞車而遲遲無法前進。

我出神地看著消防車，一邊想著「希望能趕上」。

就在此時，一個念頭突然冒出。

我隨即一笑置之，心想不可能有這種事，不過還是可以先確認看看。

4

這一晚我在看書。將近十二點時，我聽到警笛聲，心想應該是消防車，後來聲音漸漸靠近，令我有點訝異。原本趴在床上的我爬起來走到窗邊，清楚看到明亮的紅光在閃爍。有火災，但還沒近到需要擔心。消防車的警笛聲來到附近之後又逐漸遠去。

我呆呆地看著起火的方向。外面一片昏暗，不容易估計距離，我猜應該是在河邊吧。河堤上方可以供人跑步，鐵橋下面常有小混混聚集。

那裡有東西可以燒嗎？還是我估錯距離了？

警笛聲越來越細微，我打了個哈欠，沒再繼續看書，而是呼呼大睡。

感覺不久之前才剛過年，不知不覺已經到了二月。真是糟糕。週六早晨，我出門散步。對小市民來說，沒有什麼比清晨散步更好的了。

春天的腳步還很遠，但陽光似乎很溫暖，所以我並沒有戴圍巾，結果才走出家門幾步就後悔了，空氣中依然充斥著二月的嚴寒。上次跟仲丸同學一起去「Panorama Island」的時候，我們還買了相同的長圍巾，結果現在卻得受寒。

天氣還不至於冷到讓我想再脫下鞋子回到房間，而且我要去的地方不會太遠，所以我還是用外套包著脖子繼續走。

昨晚聽見的警笛聲不知道是從哪個方向傳來的，但我清楚看到了昨天的火災。一大清早我隨便烤個吐司填飽肚子之後，就出門看熱鬧去了。

我的口袋裡放了手機和幾百圓的零錢。過去和愛說謊的女孩一起行動時，我在紅茶、咖啡還有甜點上花了不少錢，如今和仲丸同學交往，最花錢的就是置裝費。春假或許該去找個地方打工。

半路上，我在自動販賣機買了罐裝咖啡，我沒有立刻打開來喝，而是當成暖暖包夾在腋下，手插在口袋裡慢慢走著，十分鐘左右就走到河邊，但還是很冷。若是扣除支流，流經木良市的河流籠統算起來有兩條，不過這兩條河都寬達幾十公尺，也就是說，河岸非常開闊，讓冬天的北風得以毫無阻礙地吹過。罐裝咖啡沒多久就變冷了。

在這冰天雪地之中還是聚集了不少人，這些看熱鬧的民眾都穿著厚厚的禦寒衣物，還有幾個人穿的是制服。那些是警察嗎？還是消防署的人？乍看之下很難判斷，畢竟我沒有鑽研過制服學。那些穿制服的人好像是在調查昨晚的火災。

隨便猜個方向就被我猜中火災地點，看來我的方向感還是挺可靠的。慢吞吞地走只會更覺得冷，所以我快步走向人群。

「退後，請大家退後。」

一個穿制服的年輕人不斷喊著。但我覺得看熱鬧的民眾都站得很遠啊……或許那人本來就討厭看熱鬧的人吧。我也加入了那群好事者之中，望向人群環繞的中心點。

旁邊有兩個像是放假沒事做的中年男人在閒聊。

「真浪費，搞成這樣都不能開了。」

「本來就是廢車吧。早知道我就先開走了。」

和我想的一樣，那裡有個被火燒過的焦黑東西。那是一輛車子，廂型車。並非整個車身都被燒黑，所以還看得出來原本是奶油色，車牌也還好好的。車窗是破的，大概是先敲破車窗再從中縱火吧。可是我在電影裡看到的車子都是一著火就爆炸……難道是這車子濕氣太重嗎？

我「唔……」地沉吟，稍微從人群中退開。人牆可以擋風，待在裡面比較舒服，不過我得先打個電話。我從口袋裡拿出手機，在通話記錄裡翻找。

但我找得不太順利，我的已撥電話清單只見長長一排的「仲丸同學手機」，找不到我要的名字。仔細想想，我跟那人幾乎沒講過電話。沒辦法了。我點進電話簿，撥打「健吾手機」。

現在是假日早晨，而且是一大清早，但電話只響一聲就被接起來了。

『喔。』

回答我的又是那不悅的語氣……

我跟堂島健吾認識很久了，我們讀同一所小學，他似乎從那時開始就對我抱持著某種錯誤的印象。我們後來各自升上不同的國中，到高中再度見面時，他還很不客氣地說了些充滿刻板印象的發言，譬如「以前的小鳩常悟朗去哪了」之類的。不管以前的我怎麼樣，現在的我只是普通的小市民。因為發生過這些磨擦，所以我們並沒有重拾過去的友情。話說回來，我也不記得小學的時候跟健吾有過深厚的友情。

話雖如此，我沒必要跟他完全斷絕往來，所以偶爾還是會說說話，還曾經一起吃過湯麵。我有事拜託健吾時，他也願意騎上腳踏車全力狂飆，還好今天不用擔心會發生這種事。

「嗨，健吾，不好意思，一大早就打電話給你。」

『已經不早了。有什麼事？』

看來他都很早起床。

我大可直接進入正題，反正以後一定會再談，所以我先提了另一件事。

「恕我冒昧，你上次說有人找你商量事情，後來怎麼樣了？」

電話另一頭傳來疑惑的氣氛。

『商量？商量什麼？』

那的確不是商量，比較像是警告或忠告吧。不管怎樣，為了喚醒健吾的記憶，我說道：

「你忘了嗎？就是你說有人干涉校刊社的事啊。那人在放學後把你約出去，還說了些不知所謂的話。」

『喔喔……』

他似乎想起來了。

『你是說小佐內啊？』

「嗯，是啊。」

我不記得是去年十一月底，還是十二月初，健吾很罕見地主動打電話找我，但我不太確定是什麼原因，連健吾自己都搞不太懂。

小佐內同學——小佐內由紀把健吾叫出去，說道：

「堂島同學，別報導暑假的新聞喔。不過，多報導一些其他的事情倒是挺好的。」

後來健吾打電話給我的時候還是一副難以釋懷的樣子。我們都很清楚所謂的「暑假的新聞」是指什麼，就是指小佐內同學去年暑假惹上麻煩，被人猛揪頭髮，最後甚至遭到綁架的事。

健吾也在那件事裡摻了一腳，而且連我都被捲進去了。小佐內叫擔任校刊社社長的健吾不要報導那件事也很合理。

健吾不明白的是其他地方。當時他是這樣說的：

「最近校刊社裡正好有人要求報導校外的事，而且偏偏是要報導暑假的那件事，我只能找各種理由拒絕他。後來小佐內又跑來找我，說了些含沙射影的話。常悟朗，我不是很了解你，但我更不了解小佐內。你是不是知道些什麼？如果有人想對校刊社不利，我可不能坐視不管。」

我什麼都不知道。我和小佐內同學早就分道揚鑣了。

我本來是這樣以為的。

健吾在手機裡這麼說：

『後來的情況更奇怪。我不是說過有人想報導校外的事嗎？就在我去找你商量之後不久，又有人在編輯會議提出這個提案，這次我只能同意。』

我有點意外。健吾是個講信用的人，甚至有些死腦筋。他既然否決了那個提案，怎麼會立刻又答應了？

「有什麼理由嗎？」

『這次提案的是另一個人，而且他用很充分的理由要求開闢一個「報導校外事情的空間」。真麻煩，我直接說名字好了。第一個提案的人叫瓜野，是高一生，但在十二月的會議上提案的是叫作五日市的高一生。』

也就是說，五日市把瓜野在暑假後被駁回的提案在十二月重新提出時得到同意了？而且小佐內說的話似乎暗示著她支持五日市的提案……

「五日市和小佐內同學之間有什麼關係嗎？」

健吾不高興地回答。

『不知道。』

「與其說小佐內同學和五日市有關，更像是跟瓜野有關。」

『我都說了不知道啊。你應該比我更清楚她的事吧？』

不見得。

「這個月《船戶月報》的專欄是誰寫的？上面好像有署名，但我不記得了。」

堂島健吾身為校刊社社長，聽到我這句話卻訝異地問道：

『你有在看《船戶月報》？』

「不行嗎……」

我聽見一聲乾咳。

『沒什麼不行的，只是我第一次聽到有人會看……』

真是個可憐的社長。《船戶月報》的確常常被人丟進垃圾桶。

『總而言之，這個月的專欄是瓜野負責的，他想報導連續縱火案的下一個地點……雖然目前還沒有人員傷亡，但這可不是隨便鬧著玩的，他的做法太輕率了。我擔心他會不按牌理出牌，也試著阻止過他。』

「對了，我有看到那篇報導。他說下次會發生在哪裡？」

『喔，應該是津野或木挽。雖然沒有任何證據。』

我突然有些不知所措，我是不是應該跟健吾說「對了，我正在可疑火災的現場，眼前有一輛燒到焦黑的車子，而且這裡的地名的確是津野」？

算了，不需要急著現在說。有兩個理由，第一是我想先賣個關子，再來是講太久很浪費電話錢。反正收穫已經夠多了。

我進入正題。

「對了，健吾，其實我有事要請你幫忙。」

『幫忙？』

他明顯提起了戒心。我不禁苦笑。這也是應該的，因為上次我請健吾幫忙時，他不只是拚命狂飆腳踏車，還被刀子割傷了。

「別擔心，這次的事很簡單啦，只是要你寄一張照片給我。」

『照片？』

他停頓片刻。

『聽起來好像還是不太單純哪。先把話說在前頭，我平時很少拍照喔。』

「我不是因為你是校刊社社長才找你，而是因為我確定那是你拍過的照片。不過事情已經過去很久了，我有點擔心你已經刪掉了。」

『我知道了。你說吧。』

我窸窸窣窣地解釋。

健吾訝異地說「可能已經不在了」，但他還是立刻去找。

我等了幾分鐘。

打電話的時候，我一直站在河邊吹風，身體冷到都快受不了了。這幾分鐘等得好辛苦啊。

我打開已經不能當成暖暖包的飲料罐，一口氣喝光那甜滋滋的咖啡。因為咖啡已經冷了，所以身體沒有像我期待的變暖。我正在想事情結束之後要快點回家時，總算收到了郵件。

真不愧是健吾，雖然他看起來粗枝大葉，重要的東西還是會好好地保存。他寄來的確實是我要的照片。

車子。奶油色的廂型車。連車牌都拍下來了，可以清楚讀出號碼。我記下了車牌號碼。

接著我把手機放回口袋，若無其事地哼著歌走回人群之中，走回正在清理中的縱火現場。

我伸長脖子，看著燒掉的車子的車牌。

「唔……」

我不禁發出沉吟。

剛剛背下來的數字就在那裡。

我收到的照片是健吾在今年暑假拍的。地點是木良市南部體育館。健吾拍下了綁架小佐內同學的那夥人開的車，好當成日後的證據。

少年審判已經結束，綁架犯少女A等人都被關了。那件事早就結束了。

可是被用來綁架的車子如今卻被燒得焦黑、出現在我面前……

「唔……」

我又沉吟了一次。

再怎麼沉吟也拿不到好處，而且現在真的太冷了，最好在感冒之前快點回家。

哎呀，不過清晨散步還真是舒服。身為重視健康的小市民，或許該養成每週散步的好習慣。等天氣暖一點以後再來考慮吧。

第三章　困 惑 的 春 天

1

（二月一日　船戶月報　八版專欄）

從去年秋天開始，木良市內陸續發生了幾件可疑縱火案。十月在葉前發生了火災，十一月是西森，十二月是小指。這篇稿子是在一月十二號寫的，這天的早報又報導了茜邊發生可疑火災。每一次都只是小火災，但現在氣候乾燥，不知何時會演變成大火災。如果船高也發生火災就不好了，請大家小心用火，切勿隨便堆置可燃物。從縱火案的特徵看來，縱火的目標應該不在船高附近，接下來符合條件的地點是津野或木挽，希望下一次縱火案能在事前就被阻止。（瓜野高彥）

（二月九日　讀賣新聞　地方版）

木良市津野發生火災　車輛慘遭祝融

九日凌晨零點左右，木良市津野町三丁目的河邊有車子起火燃燒，附近居民發現之後打一一九報案，消防隊撲滅了火，但車子已經完全燒毀，沒有人受傷。起火的車子疑似已經棄置數個月。木良警署懷疑是人為縱火，正在進行調查。

我的報導如我所願地成了預言書。

我也如我所願地在小佐內的面前裝酷。我把兩份報導放在她面前，幾乎是用丟的。

小佐內的反應非常奇怪。

她原本就是個感情波動不大的人，不對，或許她感情波動很大，但從來不會表現在臉上。她笑的時候是微笑，生氣的時候也只會默不吭聲，我從來沒看過她的臉上出現太強烈的表情。

可是她看到這報導時卻出現了很大的反應，她緊繃得像是被人拿刀架住，全神貫注地盯著那兩篇報導。

自從那天放學後、如車禍一般突然的告白之後，已經過了將近半年，我直到現在還是摸不透小佐內的腦回路。她平時看起來呆呆的，好像只對甜點感興趣，但我會被她吸引，是因為她對堂島社長展露出的那種表情。我突然想起這件幾乎快要遺忘的往事，因為小佐內看著報導時的眼神嚴厲得令我愕然。

我對這篇報導當然非常自豪。

木良市這麼大，我卻精準地說中了下一個縱火地點。不是警察或記者猜中的，而是我，船戶高中校刊社的社員瓜野高彥！這是多麼不容易、多麼痛快的事啊！小佐內對我這篇精彩報導會有怎樣的讚美之詞呢？光是想像就讓我很愉快。

但小佐內只看了幾秒，就把視線從報導移開，那嚴肅的表情也消失了。

「猜中了呢。」

她喃喃說道。

……小佐內能在這麼短的時間內意識到「《船戶月報》的報導比案件搶先了一步」確實讓我有點意外，但更令我吃驚的是，她只是露出微笑，說道：

「只猜中一次，還很難說喔。」

我這麼努力地寫《船戶月報》的報導，最大的目的是為了把瓜野高彥的名字寫進船高的歷史，但是和小佐內交往之後，讓她看到我的長處就成了第二個目的。回報冰谷的貢獻則是第三個目的。

如果沒有得到小佐內的認可，這篇報導再精采，價值都會減半。我不由得感到大失所望。

◇

一個月以後。

既然只猜中一次算不了什麼，那我就要再猜中第二次、第三次。三月的星期日，我和小佐內訂下了約會。

雖然我們已經交往半年，但我和小佐內很少在假日見面。小佐內沒有參加社團，只要我傳訊息說想要見面，她都會立刻答應，但我不知為何就是不好意思在假日打擾她。有一層又薄又透明卻打不破的殼擋在我和小佐內之間，阻礙了我們的關係，我擔心勉強打破了這層殼也會把小佐內一起打碎，所以直到現在都還不敢牽她的手。

這次我也是鼓足了勇氣才敢傳訊息給她，但她的回覆卻冷淡得讓我不知如何是好。我傳給她的是『午後可以見個面嗎？我有東西要給妳看』，而她只回覆了『嗯』。她看起來不太敏捷，說不定只是不擅長用手機打字。

在約定好的十字路口、拉下鐵門的店家簷前，小佐內像在躲藏似地邊看書邊等我。

「等很久了嗎？」

我開口問道，小佐內的眼睛從瀏海之下抬起，把書籤夾進書裡。

「剛來一下子。」

我看看手錶，已經遲到了十分鐘。都是因為和冰谷談事情才會拖到現在，但我應該先傳訊息跟她說一聲的。

話說回來，我和小佐內交往半年以來到底去過多少次咖啡廳了？

「嘿，我知道一間很好的店。」

今天她也是用這一句話把我帶到了陌生的店家。那間店叫「塔利歐」，位於一棟有些老舊的大樓的半地下室。

小佐內想了很久才說「今天吃這個吧」，點了法式烤布蕾，而我和平時一樣只點了咖啡。當小佐內把所有注意力全放在廚房時，我把三月號的《船戶月報》和星期五的報紙擺在她面前。

（三月三日　船戶月報　八版專欄）

本專欄上個月提過連續縱火案，很遺憾地又發生了新的案件。二月九日，津野的河邊遭到縱火，一輛廢棄車子被焚毀。這次的火勢比以往的更大，所幸是發生在空曠的河邊，所以沒有造成太多損害。早報的地方版也報導了這件事，想必有很多人都知道了。本專欄為了防止災害繼續擴大，必定全力以赴找出凶手的下一個目標。接下來有可能遭到縱火的是當真町、鍛冶屋町，或是日出町，請住在該地區的同學多加注意，也請所有人避免把可燃物堆置在屋外。（瓜野高彥）

（三月十五日　每日新聞　地方版）

木良市火災

十五日凌晨零點十五分左右，木良市日出町某處公車站牌的長椅起火燃燒，被路人發現。附近居民趕來滅火，長椅的火很快就被撲滅。木良警署認為有人蓄意縱火，正在進行調查。

長椅下堆放著雜誌，火就是從那裡燒起來的。塑膠製的長椅燒焦變形，但沒有著火。

我親自去現場看過，還順便訪問了附近居民。

「怎樣啊？」

我向小佐內問道。但時機很不巧，服務生正好把甜點送上來。圓形小杯子的表面蓋著一層烤成黃褐色的焦糖。小佐內彎下身子聞味道，隨即笑盈盈地說：

「好香喔……」

她的視線一直盯著法式烤布蕾，可能根本沒發現我放在桌上的《船戶月報》。我當然希望小佐內立刻看這篇報導，但她現在一臉幸福的樣子，我實在不好意思打擾她。

「敲碎焦糖的那一瞬間，總是會讓人聯想到禁忌的愉悅呢。」

小佐內拿起湯匙，在焦糖上戳了幾下。啪的一聲，焦糖發出清脆的聲音裂開了。小佐內口中的禁忌的愉悅是指什麼啊？吃霸王餐嗎？

吃了第一口之後，小佐內還是沒有說什麼，只是發呆。

「怎樣啊？」

我又問了一次，她才回過神來。她不知為何很驕傲地說：

「這裡的卡士達泡芙那麼好吃，點法式烤布蕾絕對不會錯的。雞蛋的品質很優秀。」

那真是太好了。接下來輪到我了。

「怎樣啊？」

我問了第三次，小佐內才一臉嚴肅地停下湯匙，拿起報導仔細閱讀。這是第二次了，她或許不會有太大的反應。應該說，她上個月會有那麼劇烈的表情變化才不正常。

小佐內看完之後放下報導，發出意義不明的嘆息。她應該不是覺得厭煩，也不是討厭。最後她露出微笑，再次拿起湯匙，說道：

「真厲害。」

然後她拿著湯匙在半空揮舞。

「……對不起，我應該向你道歉，我沒想過你能做得這麼好。你很努力，嗯，我不討厭這樣。」

我的手在桌底下緊緊握住。

湯匙插進法式烤布蕾，又挖起了一勺。她舔了一下，微笑著說：

「你做得非常好。」

聽到她像大姊姊一樣地誇獎我，我只能笑了。

船戶高中裡的反應倒是比較明顯。

星期一，我剛走進教室，園藝社的里村就衝過來說：

「瓜野！這真的是你寫的嗎？」

里村是個活力十足的女生，在班上也非常引人注意，她的幾個好朋友跟著跑過來，圍住了連書包都還沒放下的我。

里村的手裡拿著《船戶月報》三月號，她指著的地方不是頭版，而是最後一版，毫無疑問，那正是我的專欄。我一開始有點嚇到，但立刻挺起胸膛說：

「是啊。妳提供的資料幫了我很大的忙，我都還沒向妳道謝呢。」

「那個不重要啦。你知道嗎？」

她壓低了聲音。

「我家附近也遭人縱火了。在日出町。就在上週六。咦？還是週五？」

「我知道。是週五的深夜，日期應該是週六。」

「你果然知道。所以你的報導又說中了！」

我笑著點頭。

其他人聽得一頭霧水，紛紛叫著「啊？什麼事啊？」，要求里村解釋。我此時才把書包放在桌上，拿出資料夾。

「妳既然說『又說中了』，那妳應該知道我上個月也說中了吧？」

「喔，是啊，園藝社的學姊說溫室那件事如果被報導出來會很麻煩，叫我多加注意，所以我才會看到。我本來還以為你只是誤打誤撞猜中的……」

即使《船戶月報》在二月的報導成功了，閱報率還是沒有明顯提升，但里村卻知道校刊社正在追蹤縱火案的事。畢竟她的社團也受到池魚之殃，她當然會認真看報導。不過她似乎跟小佐內一樣，覺得只說中一次還不足以當真。

里村不發一語地拿起我的資料夾，翻出上個月的《船戶月報》。

「看，就是這個。」

她開始向身邊的人解釋情況。

一開始圍觀的只有里村的朋友，後來其他同學也好奇地圍了過來，你一言我一語地說道：

「啊，津野的縱火案我知道，有一輛車子被燒了，我看到了。」

「小指就在我家附近，我也聽過火災的事。」

一年C班的教室變得鬧哄哄的，這場騷動的中心點是里村，而她手中拿的是我的資料夾。

因為上個月的報導沒有收到多少迴響，我沒料到這個月的反應會差這麼多。我最早想到要報導校外新聞是在去年九月，這一路走來真是坎坷。

最後里村轉頭對我說：

「嘿，為什麼啊？為什麼能猜中啊？你們到底知道些什麼？」

聽她這樣一問，同學的視線都轉向我，我頓時成為全場目光的焦點。冰谷不知何時也跑來了，他拍了我的肩膀一下，像在演戲似地高聲說道：
「一定是叫我們好好期待下一期啦。沒錯吧，校刊社？」
沒錯，期待下一期，然後再期待下下一期，你們就一直期待下去吧。我用力地點頭說：
「當然！」
這時我深深地感到寫了這篇報導真是太好了。
雖然受過挫折，也有過不少擔憂。
但我總算做到了。

反應還在逐漸擴大。
這一天第六堂數學課結束後，校內響起了廣播。
『一年C班，瓜野，立刻來學生指導室。重複一次。一年C班，瓜野，立刻來學生指導室。』
正想去校刊社的我提著書包歪起了腦袋。我從國中以來都沒被廣播叫過名字，到底有什麼事啊？正在我身邊的冰谷說：

「一定是為了那篇報導。」

我沒有把堂島社長的嚴正告誡當成聖旨，但我採訪的時候都很小心。一月我帶著冰谷一起去調查，後來又到處調查了很多事，向很多人問了話，但我從未做過會讓社長擔心的行為。

所以，我覺得這事應該和《船戶月報》沒有關係。那又會是什麼事呢？我不明所以地走向學生指導室。我從沒去過那裡，不知道確切的位置，找了好一陣子才找到。或許花了十分鐘吧。

好不容易找到學生指導室，我站在門前，先調整呼吸片刻才敲門。裡面有人說道：

「進來。」

我去過教職員室幾次，不過這還是我第一次來到學生指導室。我的第一印象是，這個房間好髒。裡面有熱水機和流理臺，水槽裡放了四、五個茶杯，杯底殘留著沒喝完的茶水。有六張老師用的桌子，每張桌子上都堆滿書本和紙張，遠遠稱不上整潔。這個小房間裡有兩個人，一個應該是把我找來的學生指導部的老師，另一個則是堂島社長。

老師頂著一頭小捲髮，臉上滿是鬍渣，若是在街上碰到他，我十之八九會以為他是流氓。我不知道他的名字。他戴著淺色的墨鏡，銳利的目光從鏡片底下盯著我。

「你就是瓜野嗎？為什麼拖這麼久才來？」

他的聲音十分低沉。這就是所謂的不怒自威嗎？

「過來。」

我依言坐在堂島社長的身旁。此時我看到老師的桌上放著《船戶月報》。其實看到社長時我就知道了，我會被叫來必定和校刊社有關。冰谷猜得一點都沒錯。

老師把手按在《船戶月報》上。

「你們以為自己可以為所欲為嗎？啊？這是什麼？給我解釋一下。」

他打從一開始態度就很嚇人。老實說，我怕得雙腳都僵了，但堂島社長還是清晰地回答：

「這是校刊社出版的《船戶月報》。」

老師突然提高音調。

「我不是在問你這個！你想要我嗎？我是問你這篇報導是怎麼回事！」

他一掌拍在鐵桌上，桌子發出「磅！」的一聲巨響。如果他是打算嚇我們，這招只帶來了反效果，因為被他這麼一拍，堆在桌上的書本全都嘩啦嘩啦地落到地上。別說是害怕了，我還差點忍不住笑出來。

社長並沒有笑。

「這個專欄報導了最近幾個月發生在木良市的縱火案。」

「混帳傢伙！這還用得著你說嗎？我一看就知道了！」

可能是書本崩塌讓他更為光火，他口沫橫飛地大吼著。

「這件事跟你們有什麼關係？你們是鬧著玩的嗎？」

「這是為了提醒全校學生小心用火，尤其是現在頻頻發生縱火案。」

「我說過了，我不是在問你這個！」

我真是摸不著頭腦。社長明明是順從地回答問題，或許他的態度冷靜到讓人覺得桀傲不遜，但他已經回答了所有問題。老師到底想要問什麼呢？有話就直說嘛。

社長可能覺得再這樣下去只會沒完沒了，所以直接問了：

「老師，請問你是不喜歡我們事先料到縱火地點嗎？」

這次老師不是拍桌，而是一拳搥在桌上。桌上僅剩的書也都掉到地上了。

「我正在說話，給我閉嘴！這跟我喜不喜歡沒有關係，你們都已經讀到高中了，難道還不知道什麼事可以做、什麼事不能做嗎！」

他一把抓起皺巴巴的《船戶月報》，拿到我們面前。

「明明沒有任何證據，竟然隨便亂寫一通。如果發生了什麼事，你們負得起責任嗎？還是說，火根本是你們自己放的？」

社長沉默不語。

面對他這一長串殺氣騰騰的責罵，或許社長也怕了吧。但我猜錯了，社長用更勝於先前的冷靜態度反問：

「老師認為校刊社是縱火的凶手嗎？」

「啊？」

老師還是一樣凶狠，但是社長的反彈顯然有了效果，老師的眼中清楚地浮現出「糟糕！」的想法。

相較之下，社長的平靜之中多了一絲怒氣。

「如果老師認為校刊社是罪犯，最好請我們的顧問三好老師一起來談。」

我只知道校刊社的顧問是三好老師，但我從未見過他。他是很厲害的老師嗎？或者只是不擅長和人來往？學生指導部的老師咂了一下舌。

「你這小鬼頭還真會耍嘴皮子。再繼續這樣下去，一定會變成只靠一張嘴的人渣。別人在說話就乖乖地聽著！」

這個人真是越說越難聽了。我快要忍不住發作時，社長卻輕輕一揮手制止了我。他沉著地回答：

「我們今後會注意不要寫出沒有證據的報導。讓老師擔心真是抱歉。」

說完便低頭鞠躬。

老師一定覺得光是這樣還不夠。事實上，我們根本什麼都還沒說。不過老師和抬起頭來的社長四目交接之後，只丟出一句：

「一開始就這樣不是很好嗎？蠢貨，給我出去！」

社長再次鞠躬，我也跟著做了一樣的動作，然後兩人一起走出學生指導部。

在走廊上，我一邊走一邊憤怒得五內翻騰。最主要的理由是剛才受到的不公平待遇，為了田中先生的空地遭縱火的事而責罵了園藝社的想必也是這位老師吧。我這麼生氣還有另一個理由，那就是堂島社長從頭到尾都在保護我，而我卻什麼話都說不出來。

憤怒、懊惱和恥辱令我握緊拳頭，我無意識地罵道：

「混帳！」

社長對我這句話會怎麼想呢？他只是平靜地說：

「我知道你很不服氣。這根本是在找碴……其實新田老師去年還沒有這麼嚴重。」

原來那傢伙叫作新田啊。

社長沒有放慢腳步，繼續說道：

「他本來就是個嚴格的老師，不過他剛才的表現已經有點歇斯底里了。可能是因為發生了一些事才導致他情緒不穩定，我們只是掃到了颱風尾。」

「所謂的『一些事』跟我們有關嗎？」

社長瞄了我一眼。

「不是的，是新田老師的私生活。聽說他離婚了。」

我已經上學上了十年，但我從來沒有關心過老師的婚姻生活。老師說的話就像上天的旨意，我想都沒想過老師也會有自己的問題。

社長依然板著臉。

我又罵了一次「混帳」，這是只是默默地在心裡說著。

到了樓梯邊，我是要上樓，而社長是要下樓。我們停下來說了最後幾句話。

「瓜野，下一期就揭開謎底吧。」

「啊？」

「你是怎麼猜到下一個縱火地點的，把過程詳細地寫出來。如果專欄的空間不夠，我會再騰出版面給你。」

我一時之間不知道該怎麼回答。我根本沒聽懂社長在說什麼。

「可是……」

我正想開口。

「你想說修改版面得在編輯會議經過大家同意嗎？」

「不是啦……」

我把正要說出口的話吞了回去，因為我覺得現在還不該告訴社長。

結果我說的是另一件事。

「可是，你剛才不是答應新田老師說不會再寫嗎？」

社長還是一臉正經的表情。

「沒有吧。」

「你明明說了。」

「我說的是『不會寫出沒有證據的報導』，所以只要有證據就行了。想讓新田閉嘴的話，就只能這樣做了。」

我呆呆地張著嘴，什麼都說不出來。社長說的一點都沒錯，但他不像是會玩弄詭辯。他一點都不像這種人。

堂島社長一副事情已經解決的樣子，就要轉身下樓。我能說的只有：

「真的可以寫嗎？」

這個問題很沒意義，社長都已經叫我寫了。堂島社長轉過頭來，表情變得緩和了一些。

「沒問題的……誰管他是剛離婚還是怎樣，剛才的事也讓我很火大。」

看著社長的背影，我咬緊牙關。
又一陣懊惱湧上心頭。

◇

聽到社長叫我「揭開謎底」時，我會那樣猶豫不決是有理由的。
幾天後，我找冰谷商量這件事，他一下子就看穿了我的想法。
「那樣太可惜了，這個題材還可以寫很久呢。」
現在是午休時間，我們正在吃午餐。我吃的是便利商店的便當，冰谷吃的是奶油麵包。因為我嘴裡塞滿了鮭魚，沒辦法開口，所以只是點頭兩次。
「既然學生指導部出面制止，那就沒辦法了。否則本來應該可以再寫三、四個月吧。」
說得一點都沒錯。我又用力地點頭。
昨天校刊社召開了臨時編輯會議，堂島社長的提案通過了，我得到了前所未有的版面，有四分之一頁。能讓重要的「歡迎新生特輯」縮減版面真是讓我受寵若驚，不過這都是為了讓縱火案追蹤報導拉下終幕。
我終於把鮭魚吞下去了。

「不知道是不是里村到處宣傳，那篇報導獲得了很大的迴響。你相信嗎？還有人放學後跑來印刷準備室說『我的報紙不見了，如果還有多的，可不可以再拿一份？』，而且已經來了三個人耶。」

「印刷準備室？」

「你看，之前根本沒人知道校刊社把印刷準備室當成社辦使用，結果專欄才出了兩期就變得眾所皆知了。我本來還打算盡可能地延續這個題材呢。」

我一邊叉起芋頭，一邊嘆著氣說。

冰谷似乎陷入了沉思。無論冰谷再怎麼神通廣大，這次要對付的可是學生指導部，太難纏了。

「能不能乾脆不管學生指導部的命令呢？如果校刊社的社長更強硬一點的話……」

我有點猶豫，可是就算我把堂島社長想得再差，也不能把他當時的表現形容為膽小。但要幫他說話又讓我很不爽……

「沒有啦，社長已經很努力地反抗了。我怎麼看都覺得新田不正常，社長面對那種人還能爭取到最後一次機會已經很有膽識了，要再爭取更多就不可能了。」

「那你打算真的照他說的『揭開謎底』嗎？太可惜了啦。若是放著不管，就算再過一年也不會有誰發現的。連我剛聽到的時候都覺得你只是在胡說八道。」

的確，跟冰谷出去調查的那一天，他還嘲笑了我在看到消防車從車站前開過時想到的點子，但是因為後來的事件，尤其是我把能證明這論點的影印資料給他之後，他就相信我的看法了。

「如果寫出來，那你就得放棄縱火案的新聞了。」

「那也沒辦法啊。」

我喝了一口茶，稍微休息一下。

如果揭露了校刊社、瓜野高彥為何猜得到縱火地點，《船戶月報》就會失去賣點，關於這次連續縱火案的報導也不會再有人看了。

「真叫人無法接受。」

冰谷十分感慨，然後他突然盯著我的眼睛。

「瓜野，光是這樣你還不能滿意吧？你不是說要把名字留在船高的歷史嗎？很抱歉，按照現在這種情況你是不可能留名青史的。我很不滿意，接下來才是重頭戲呢。」

「的確是這樣沒錯。」

「跟你想的一樣，縱火的規模確實越來越大了。」

這次我毫無抵抗地點頭。

不需要拿出資料夾，我已經把所有縱火案的資料牢記在腦袋裡了。

十月　葉前　堆放在空地上的草
十一月　西森　兒童公園的垃圾桶
十二月　小指　建材堆放處的廢木材
一月　茜邊　棄置的車輛
二月　津野　棄置的車輛
三月　日出町　公車站的長椅

一開始被燒的只是垃圾或垃圾桶，但這個月被燒的長椅卻是實用的物品。毫無疑問，凶手是有計劃地逐漸擴大犯罪規模。也就是說……

接下來的話我實在說不出口，冰谷卻不以為意地幫我說出來了：

「縱火案會變得更嚴重，你的存在也會變得更重要。」

的確，這件事或許會演變成高中校刊社對抗凶惡罪犯的局面。我不好直接了當地說自己期待看到這種局面，但這樣對我確實比較有利。

不過我已經無計可施了，下個月的《船戶月報》是「歡迎新生特輯」，光是「揭開謎底」都有可能惹毛新田，如果我大刺刺地公然反抗他，不知道會有什麼下場。我希望是以船高學生的身分留名在船高的歷史，若是搞到被退學就糟了。

我說出了自己都覺得空虛的安慰之詞：

「說不定我還能找到更精彩的題材，到時就會覺得連續縱火案只不過是個小新聞。」

冰谷聳著肩說：

「你不是認真的吧？」

是啦，我也知道這種可能性很小。

吃了最後一個奶油麵包，冰谷小小地伸了個懶腰。

「呼……搞不好會出現大翻盤呢。瓜野，我要給你一個忠告，你聽好了。」

雖然他嘴上這樣說，但他自己的態度也沒有很認真。罷了，我抬了抬下巴，要他說下去。

冰谷的「忠告」聽起來很像預言。

「你可以寫兩份報導，一個就照你們社長說的『揭開謎底』，另一個則是整理到目前為止的所有事情經過，最後再預測下一次的地點。讓新生了解詳細的事情經過，他們就會更加期待。你要事先準備好，免得要臨時更換卻趕不上。」

冰谷的意思是要我做一份「總集篇」。也就是說，他要我先為以後的事做好準備。可是明明已經沒有「以後」了。

「……為什麼要這樣做？如果能刊登出來當然很好，但我覺得鐵定不可能。」

「所以我才說是大翻盤嘛。不用想太多，你就當成占卜隨便聽聽吧。」

這是什麼意思？我實在猜不透。雖然我很不甘心，但我有時真的無法理解冰谷的腦袋在想什麼。

如果我叫他解釋，他會乖乖地解釋嗎？我正在思索時，突然有個開朗的聲音說：

「唷，名偵探在開作戰會議啊？」

是里村。

「不是名偵探，而是新聞記者。」

「那也挺帥的。」

我沒把她的調侃放在心上，剩下的午休時間都用來專心吃便當。

◇

接著到了春假。

我和小佐內在假日出去約會了。

我不知道小佐內家裡的情況，她從沒提過自己的家人，我只知道她的家境似乎還不錯。我跟小佐內很少在假日見面，不過我每次看到她的便服打扮都差很多。今天她穿的是清爽的白襯衫黑領帶，看起來挺帥氣的。如果她再高個二十公分，說不定還會顯得英姿煥發。

不只是見面次數少，我也不太清楚小佐內的喜好。不管我帶她去哪裡，她好像都很愉快，可是無論我們去哪裡，她都不會由衷地感到開心。我要怎麼做才能讓她露出那無價的笑容呢？就像在「Earl Grey 2」吃提拉米蘇一樣，或是在「塔利歐」吃法式烤布蕾一樣開心。我不知該怎麼選，結果最後還是決定看電影。

這部電影的宣傳說得像是愛情故事，結果卻是誇大不實的廣告。前半部確實是甜蜜的故事，說的是一位情竇初開的青年和楚楚可憐的不幸女演員，這段有如驚濤駭浪般的戀情演到一半卻變了模樣。女演員的身邊接連不斷地發生意外，一開始看起來好像是「歌劇魅影」之類的跟蹤狂搞出來的。

我在燈光熄滅的電影院裡偷偷觀察身旁的小佐內的表情。那柔弱的女演員原來是詐領保險金的慣犯，純情的青年一步步地被逼得走投無路，還背上無妄的罪名，身邊甚至莫名其妙地出現了自殺的工具。他想要相信女演員，但她打來的一通電話卻令他如同落入冰窖。

我小時候好像聽過類似的童話故事。本來想看愛情電影，結果卻不小心選到了「藍鬍子」。都是宣傳海報騙了我。電影的結局真是令人不舒服……
電影結束，燈光亮起，我就感覺到一陣尷尬的氣氛。來看這部電影的情侶不只我們兩個，到處都傳出了類似噓聲的呻吟，還有人低聲地爭吵。
我也立刻向小佐內道歉，說我不知道這竟然是如此令人反感的驚悚電影，但小佐內卻搖頭說：
「沒關係，我看得很愉快。」
……我最近經常在想，我對這位看起來比我更年幼的學姊是不是太過小心翼翼了？我的確很想讓她開心，但我是不是太渴望討好她了？我甚至會想，我對她客氣得連她的手都不敢摸，是不是偶爾也該強硬一點？
我一邊尋思，一邊跟著她走進咖啡廳。她突然開口問我。
「怎麼了？我的臉上沾到奶油了嗎？」
我此時才發現，我一直盯著小佐內的臉看。
這家店叫「櫻庵」，位於住商混合大樓的一樓，稍微偏離木良市的主要幹道。大樓的外觀很老舊，但店裡是清一色的高雅日式裝潢，菜單上還有抹茶和櫻花麻糬。小佐內似乎對這間店也很熟悉，不看菜單就流暢地點了「我要雙球冰淇淋，黑芝麻和豆漿口味。飲料要咖啡」，想了一下又說「請幫我灑上黃豆粉」。

我還是只點了咖啡。電影票已經讓我花光了零用錢，我得認真考慮去打工了。我思考著這些事時，小佐內喃喃說著：

「打工……」

我嚇了一跳。是不是我把想法都表現在臉上了？看到我露出狼狽的表情，小佐內詫異地問道：

「怎麼了？」

「呃，沒有啦。妳說打工？」

「啊，嗯。你沒聽到嗎？」

她移開了視線。

「那個女服務生是我們學校的學生，她偷偷地在這裡打工。」

小佐內說的應該是在後面幾桌幫人點餐的女生吧。我聽見她溫和地說著「我再重複一次您的餐點」。她的外表很成熟，不說的話我還真看不出她是高中生。

「現在是春假，而且她應該有得到許可吧。」

「學校不可能答應讓學生在鬧區的咖啡廳打工啦。如果可以的話，我也想要做。」

如果小佐內來當女服務生，看起來一定很像學校來做社會體驗實習。

這個就先不管了。

「偷偷打工的人多的是。」

「或許吧。我自己是做不到啦。不過我有朋友在書店打工。」

「那妳幹麼這麼在意？」

小佐內又瞄了那個女服務生一眼，然後稍微噘起嘴。

「……我覺得她的妝容和制服都很怪嘛……」

我的咖啡先來了，但我還是等小佐內的那份送上來。

之後送來的是像漆器般的黑木湯匙，紅色方盤上面盛著黑白兩色的冰淇淋。小佐內第一匙先挖黑色的冰淇淋，舔了一下，然後她含著湯匙，露出微笑。

「黑芝麻口味的冰淇淋並不罕見。」

她靈活地操縱著湯匙。

「可是芝麻的味道如果太重就不好吃了。我也不喜歡芝麻的皮碰到舌頭的觸感。就算口感很好，如果芝麻和牛奶的風味不協調也會毀掉冰淇淋。不過這間店的調配太完美了，這是我從出生到現在吃過最好吃的黑芝麻冰淇淋。」

仔細想想，我們聊天的時候總是我在說話，小佐內只是一邊用湯匙挖著甜點，一邊附和著「這樣啊」、「真的嗎？」而已。她會積極參與的話題只有甜點嗎？

我對甜點沒興趣，但我很想跟她暢快地聊天，所以努力地找話題。

「妳還真喜歡甜點。」

「咦？」

輪流挖著白色和黑色冰淇淋的小佐內猛然抬頭。

「我說，妳真的很喜歡冰淇淋和蛋糕這些東西呢。」

「……呃，嗯。」

小佐內有點愕然，彷彿聽到別人跟她說「妳真的是人類呢」。她馬上又把視線拉回盤子上。

「喜歡。」

「不是『不討厭』？」

「嗯，喜歡。」

「為什麼呢？」

「為什麼……」

小佐內停下了湯匙。我還以為這個話題太無聊，讓她受不了，但她想了片刻，明確地回答說：

「因為不用殺掉任何生命。不用殺牛就能擠出牛奶，不用殺雞就能拿到雞蛋。」

她的眼神冰冷得出乎我的意料。

小佐內再次動起湯匙，把最後一勺黑色冰淇淋送進口中。

「開玩笑的。」

她說。

「我喜歡吃甜的東西。只是因為這樣。」

「什麼嘛……」

我忍不住嘆氣。我一點都不理解她的玩笑話。真不想再這樣被她牽著鼻子走了。

「瓜野，你不喜歡吃甜點嗎？」

「不好說。」

我跟小佐內去咖啡廳從來不叫甜點是因為沒錢，如果要說喜歡還是討厭嘛……

「不喜歡也不討厭吧。」

「你不吃甜點嗎？」

「很少。啊，不對……」

我想起了一件事。我和小佐內總算有話題可以聊了，這令我鬆了一口氣，我先喝一口咖啡潤潤喉。

「……前陣子我爸帶了甜點回來，說是人家送的。那個很好吃耶。叫什麼呢？是栗子做的……」

「糖漬栗子（Marron glacé）？」

「喔喔，對，就是那個。」

小佐內把白色冰淇淋也掃光了，她呼了一口氣，慢慢啜飲著咖啡。她大概很怕燙吧。咖啡似乎還很燙。小佐內死心地放下杯子，用一副嚮往的神情說：

「糖漬栗子啊……如果現在是秋天，這間店還會供應栗金飩呢。那個也很好吃。到了栗子的季節再來吧。」

「好啊，一定要再來。」

「瓜野，你知道糖漬栗子是怎麼做的嗎？」

「不知道……」

小佐內應該不是覺得我知道才問的。

「糖漬栗子的做法是先把栗子煮熟、剝皮、浸泡在糖漿裡，這麼一來栗子的表面就會裹上一層砂糖的薄膜。」

「喔喔，是這樣做的啊？」

但是小佐內搖搖頭。

「不是，這樣只能處理到表面。」

「光是這樣還不夠嗎？」

「當然不夠。接下來要把栗子浸泡在更濃的糖漿裡，這樣砂糖的薄膜外面會再裹上一層砂糖的薄膜，然後浸泡在更濃的糖漿裡，又再裹上一層糖膜，然後又泡進更濃的糖漿……就這樣一再重複。」

小佐內用雙手捧著咖啡杯，像是在保護重要的寶物，她的眼睛望向桌子上方，但她好像沒有注視任何東西。

「甜滋滋的外衣又加上外衣，一層一層地穿上去。在這個過程中，栗子本身也會漸漸變得像糖果一樣甜。栗子其實沒有那麼甜，甜的只有外面的糖衣，但是外在和本質卻調換了。不知不覺中，手段變成了目的……我很喜歡糖漬栗子，因為這樣感覺很可愛。」

我想不出適合的回應。小佐內把漆器風格的湯匙對著我。

「此外，你就像是我的糖漿。」

小佐內專注地盯著我的臉，但她隨即移開視線，拿出手機看時間。小佐內平時沒有在戴手錶。然後她從自己的包包裡拿出一張紙。

「這個給你。這事很快就會傳開了。」

那是一張報紙，今天的早報。我已經看過了。

但是小佐內放在桌上的只是早報的一小部分，那是教職員調動的清單。我突然發現，現在是學年末，正是調動的時期。

我拿起報紙之後，小佐內就抓起帳單。

「對不起，瓜野，我等一下還有事，要先回去了。這次就讓我請客吧。今天看電影很開心，下次再一起去看吧。還有……」

即使她站起來，還是和坐在椅子上的我差不多高。

「別再淘氣了，什麼都不做才是最好的。」

「啊……？」

在我理解小佐內說的話之前，她就轉身到櫃檯結帳，離開了咖啡廳。我想追都來不及。

我都還沒牽到她的手，本來還很期待今天能發展到什麼程度。難道是我表現得太明顯，她才會突然逃走嗎？

我一邊如此思索，一邊拿起小佐內留下的報紙，立刻看到有一行字用螢光筆做了記號。

我並沒有心不在焉，但是看到那行字真是令我大吃一驚。

水上高等學校　新田高義（船戶高等學校）

那個學生指導部的老師被調走了。
冰谷說的大翻盤就是指這件事嗎？我突然發現，他的預言真的實現了。

2

進入春假的幾天後，我在風和日麗之中走出家門。
我和仲丸同學已經約會過幾次了呢？仔細算應該算得出來，不過沒有這個必要，只要知道「很多次」就夠了。很多次的約會！很多次的黃昏！還有很多次的星空！不久前還是冬天，所以我們看星空的次數其實不多。這只是一種修辭。冬天的夜晚是非常冷的。
正如無限加一還是無限，我們今天的約會也成了「很多次」的其中一次。外面挺暖和的，或許穿短袖也沒問題，但我還是穿了長袖襯衫，還加上夾克。感覺有點熱，不過這樣比較好，因為春天的夜晚還是滿冷的。
我們約會的主要目的就是見面，說得極端一點，其實不需要目的地，不過這麼一來就只是在路上到處閒晃，所以還是要先想好地方。今天是依照仲丸同學的期望去看展覽，我們要看的是色彩繽紛的版畫。
站前有停車場可以用，所以我今天是騎腳踏車。雖然今天天氣溫暖，不需要戴手套，若要騎腳踏車就不一樣了。

上次因為擠公車而吃盡苦頭，但今天完全不用擔心。我輕鬆地騎到車站，付了一百圓停車費以後就去約定的地點，但仲丸同學還沒來。我心想原來我早到了，呆呆地望著站前的噴水池，大概發呆了十分鐘，就看見仲丸同學朝我走來。她穿的櫻花色針織外套很有格調，這讓平時看起來像個「愛玩的女高中生」的她顯得格外清爽。

「等很久了嗎？」

「不會。」

簡單的幾句寒暄以後，仲丸同學看著手錶說：

「那我們走吧。」

她率先邁出步伐。

我們要去的展覽地點位於站前大樓的最上層。進入電梯後，要去相同目的地的人們擠滿了狹小的空間，過了一下子，電梯門橫向滑開，在白到發亮的樓層之中，身穿紅衣的女接待員說著「歡迎蒞臨參觀」。

我對展覽內容沒什麼特別的感想，看到海豚就覺得「是海豚耶」，看到鯨魚就覺得「是鯨魚耶」。我突然想到，我以前因為某些理由而看過高橋由一的畫冊《鮭》，那時也只覺得「這是鮭魚耶」。有些人把鮭讀作「sake」，有些人把鮭讀作「syake」，兩者究竟有什麼差別？我不覺得這只是口音的差別。會不會是方言呢？

我突然注意到，仲丸同學好像也對展覽沒什麼興趣。其實看版畫本來就只是約會的藉口，沒興趣也無所謂……我畢竟同意了她的邀約，所以還是問一句：

「妳喜歡這種畫嗎？」

仲丸同學歪著頭說：

「唔……我喜歡的應該是拼圖吧。」

我沒想到仲丸同學竟然有玩拼圖的興趣。以我的偏見來看，她比較像是看到別人在玩拼圖就會說「幹麼玩這種無聊東西！」而掀了桌子的那種人。真是太失禮了，我不該以貌取人的。

我正在這麼想的時候……

「我哥哥很愛玩，我只是負責搞破壞的。」

看來我的偏見一點都沒錯。

二十分鐘以後，我們兩人都膩了……不，是滿足了，慢慢地走回去搭電梯。有個像是工作人員的男性頻頻打量著我們，但我們怎麼看都只是平凡的小市民高中生，所以他並沒有叫住我們。

我走出大樓，在春天的陽光下伸著懶腰。

「現在怎麼辦？」

還有很多時間。

「要不要再去哪裡？」

「喔喔，這樣的話……」

我想到了一些選項。

「……這裡離『櫻庵』很近，那是一間裝潢得很優雅的日式甜點店。雖然『berry berry』更近，但椅子不太好坐。」

仲丸同學聽了不知為何變了臉色，她不高興地轉開臉。

「小鳩，你的遲鈍是怎麼回事啊？你看起來明明不像個遲鈍的人，但你有時真的很遲鈍。」

我是不是說了什麼話惹她不開心？

「妳不喜歡日式風格嗎？」

「不是這樣啦。」

仲丸同學直勾勾地盯著我的眼睛，可能只看得到困惑吧。她深深地嘆了一口氣。

「你還不懂嗎？小鳩，你未免太了解這些店了吧，哪裡有好吃的甜點都知道。」

「喔，嗯，的確是。」

我點頭回答，她用食指戳向我的胸前。
「為什麼？為什麼你會這麼清楚？」
「……喔喔。」
原來是這樣啊。
我會知道這麼多蛋糕店，全都是小佐內同學告訴我的。
「懂了嗎？你每次說哪間店好吃的時候，前女友的身影就會浮現。這樣很不好喔。」
我抓抓頭。的確是這樣沒錯，我無法辨解。
仲丸同學又嘆了一口氣，說道：
「我們散散步吧，難得天氣這麼好。」
我正想漫無目的地走一走，只要仲丸同學能接受就好了。
於是我們兩人一起在木良市的主要道路三夜街漫步，走進鋪著白色地磚的拱頂街道。到了春假，就連平日白天都有很多人。除了穿櫻花色的仲丸同學以外，還有檸檬黃的T恤、翡翠綠的襯衫、米白色的褲子，眼前出現了各種繽紛的顏色。由於商店街普遍不景氣，木良市的主要街道有很多店家都拉下了鐵門，不過今天天氣變暖，路上還是挺熱鬧的。
走了好一陣子，仲丸同學開口說道：

「雖然事情已經過去了，但我還是很想問。」

「妳是說甜點的事嗎？其實我沒有很愛吃甜點。」

「不是啦。」

她不高興地回答。

「不是這樣啦……去年我把你找出來的時候，老實說喔，小鳩，你那時已經知道我這個人了嗎？」

我有點意外。那的確是很久以前的事了。雖然已經過了半年以上，但我還記得很清楚，那時我連仲丸同學的名字都不知道。

話雖如此，現在不是該發揮誠實美德的時機。

「我知道妳是我的同學啊。」

「是啊。就這樣？」

「唔……」

我努力在記憶中搜索其他能說的事，但是怎麼想都想不出來。事實上真的沒有，所以我也無可奈何。

「是啊，就這樣。」

我自己也覺得這話聽起來很無情，所以又加了一句：

「現在當然已經知道很多了。」

我的背突然被拍了一下。現在的我的確知道很多，譬如說，我知道仲丸同學比我想像的更害羞。

紅燈亮起，我們停了下來，有幾個人站在我們身邊。仲丸同學有些顧忌地閉口不語，等到綠燈亮起、在「過去吧」的音樂聲中過了馬路、人群散開以後，她才繼續問：

「既然如此，為什麼你會接受一個陌生女生的告白？」

真的要問這個嗎？

仲丸同學的語氣很輕鬆，很符合邊走邊聊的氣氛，但我只敢偷瞄她的側臉，因為我覺得若是和她四目交會，對話就會變得很嚴肅。

她望著道路前方，表情如春天一般悠然和煦，所以我也輕鬆地回答：

「那是在放學後的教室裡吧。跟妳近距離相處談話之後，我覺得妳是個好女孩。」

「好女孩啊……」

她發出噗哧的笑聲。

「你是信口胡謅的吧，小鳩。」

的確是胡謅的，若要誠實回答，應該是「因為找不到拒絕的理由」吧。我當然不能這樣說。我的謊話越說越多了呢，沒辦法。

……我想她多半也是吧。只有我得說謊太不公平了，我得讓仲丸同學也說些謊，這樣才能平衡。雖然我不是真的想知道，還是刻意地問了：

「那我也想問一件過去的事……為什麼妳會向我告白？」

仲丸同學沒有顯露出半點驚慌，彷彿半年來一直在等我發問似地，她立刻回答：

「因為你的表情很怪。」

好說好說。我可沒有練過變臉表演。

我們又到了下一個路口，這次剛好是綠燈，可以直接走過去。「過去吧」的愚蠢音樂響起。

「……很多男生都喜歡裝出一副無所謂的樣子，說慵懶應該比較帥吧。我本來以為你也是這樣。你之前的女友是叫小佐內嗎？你會跟她在一起應該也是妥協的結果吧。她還挺可愛的啦，但實在太樸素了。」

她對小佐內同學似乎有些誤解。算了，不重要。

「但我後來發現你跟我想的不一樣。你不會很隨和，也不會太冷淡，看得出來防心很重，但又不像萬年處男那樣拒人於千里之外。我總覺得你的表情很怪，看不出來你的心裡在想什麼，剛好那時你跟女友分手了，我就乾脆告白看看。」

本來是想逼她說謊，但我的計畫好像失敗了。

我認為仲丸同學說的是實話，因為說這種謊話一點意義都沒有。簡單說，仲丸同學喜歡怪人，而我看起來就像個怪人？

不不不，怎麼可能呢？我不由得露出僵硬的笑容……我還信心滿滿地以為自己是個融入人群的小市民，原來我偽裝得那麼差？

我戰戰兢兢地問道：

「妳的朋友也覺得我很怪嗎？」

仲丸同學睜大眼睛。

「咦？小鳩，你很在意這點嗎？」

「當然在意啊，因為我沒想過自己有那麼怪。」

我不悅地嘛嘴說道，仲丸同學一聽就笑了。她開心地哈哈大笑。

我不明白這到底有什麼好笑的，我只知道仲丸同學原來也挺特別的，這半年來我一直以為她也是小市民俱樂部的一員。

仲丸同學笑到都流淚了，她用手背擦擦臉，然後拍了拍我的背。

「別擔心！會這樣想的只有我啦。我問其他人『覺得小鳩有趣嗎？』，大家都說『普通』。」

是嗎？那就好。

剛才她的狂笑暗示著這個話題已經結束。三夜街都快走到底了，再走下去就會走到咖啡廳「CHACO」。我會知道那間店不是因為小佐內，而是因為堂島健吾，但是考慮到剛才發生的情況，我最好不要再多嘴。雖然仲丸同學說我遲鈍，但這種程度的顧慮我還是有的。

「要走到哪裡？」

仲丸同學想了一下。

「經過 Aqua Park，走到丸井百貨吧。」

反正也沒事，走到哪都可以。

有根柱子橫跨在拱頂上方，上面豎著一座很大的機械鐘。我不經意地看過去，機械鐘的左右兩旁正好有一排樂隊人偶跑出來。我想要告訴仲丸同學，就拉拉她的袖子，指著上面說：

「妳看。」

「啊……」

有的人偶拿著小喇叭，有的人偶脖子上掛著鼓。戴著三角帽的人偶們可能很老舊了，它們用僵硬的動作排成一列，開始歡樂地演奏音樂。這時正好是三點鐘。

我聽過這首曲子，但不知道曲名。雖然有人偶樂隊，但聲音聽起來像音樂盒，只是音量大了些，可能連身邊的人都聽不見我說話，所以我們默默地從時鐘下走過。

叮鈴一聲，最後的餘音消失了。

店面之間的牆上貼著我們剛才看過的版畫展的海報。仲丸同學瞄了那張海報一眼，然後說「對了」。

「我有跟你說過那件事嗎？」

「哪件事？」

「我哥哥的房子遭了小偷。」

哎呀，那還真是糟糕。我只是個毫無長處的小市民，不過我在這方面或許能幫上一些忙。我在心中做好了仔細聆聽的心理準備。

「應該沒有吧。你說你哥哥，就是那個喜歡拼圖的哥哥？」

「我沒說過嗎？嗯，對，就是他。」

我們兩人放慢了腳步，這樣比較好聊。

「我哥哥現在在橫濱讀大學，他住的地方我只去過一次，是一間很小的公寓，裡面髒兮兮的。除了跟家裡拿生活費之外，他也有在家庭餐廳打工，早上還要去送報紙，結果還是只能住在那樣的房子。我一想到自己上大學也得住那種房子，就覺得好討厭。我一定要住在二樓以上，還要有分離的衛浴設備。小鳩，你會上大學嗎？」

「應該會吧。然後呢？」

「後來他不知道參加了什麼奇怪社團的宿營，大概有三天不在家。好像是去新潟吧。他們從晚上開車出發，一路上輪流開車，開了一整晚。我也很想試試看耶，考了駕照之後再找朋友一起出去玩。啊，當然也會找你。

然後，他一回到家就發現玻璃窗破了。當然是從外面打破的。說是破了，其實只有一小塊地方，該怎麼說呢，破的地方只有用來上鎖的窗扣附近。房間裡滿地都是書和ＣＤ之類的雜物，簡直沒辦法走路，他立刻想到是遭小偷了。我哥哥很喜歡金屬樂，他有一些很貴重的ＣＤ，所以非常擔心，可是他太愛面子，在報警之前還先打掃了房間。」

打掃一下也無所謂吧，雖然這樣可能會影響鑑識人員的工作。

我們離開拱頂街道，進入大樓之間的小巷。以前這裡只是普通的後巷，但現在經過規劃，弄得像是短短的觀光步道。除了我們之外沒有其他行人。

「哥哥覺得報警應該先搞清楚有什麼東西被偷了，所以把整個房間翻了一遍，看看有什麼不見了，結果卻發現了一件事。小鳩，你知道是什麼事嗎？」

想要確認損失的時候，卻發現了一件事。

……這麼說來只有一個可能。

「沒有東西被偷。」

仲丸同學露出訝異的表情。

「你怎麼知道？」

這點小事有什麼好驚訝的？我輕輕地聳肩。

「沒有東西被偷就好啦。」

「嗯，的確啦，是這樣沒錯。」

「窗子破掉可能只是被什麼東西打到，不見得是遭小偷。至於房間很亂，我有點不好意思說，那會不會是你哥哥自己搞的啊？」

聽我這麼一說，仲丸同學就笑了。她那種笑容就像在說「你當然會這樣想」，有點刺激到我的自尊心。

「不是這樣啦。」

「喔？」

「房間很亂的原因你說對了，確實是我哥哥自己搞的，但是有人進過他房間這一點鐵定錯不了，因為原本拉起的兩層窗簾都打開了。就算窗戶是被球之類的東西打破，窗簾也不會打開。」

真的嗎？

的確，窗戶被意外打破也不會使窗簾打開，但是不能光靠這點就斷定「一定有人進過房間」。說不定是被風吹的，也可能是「有人本來打算進去，最後卻沒有進去」。

仲丸同學和我不一樣，她不是個推論縝密的人。

可是我的推論也有可能被翻轉，說不定仲丸同學已經知道確實有人進過她哥哥的房間，所以才會說得這麼斬釘截鐵。

也就是說，這件事已經完結了，結果都出來了。既然已經真相大白，這個謎題就沒什麼好挑戰的了，她只是想要考考我吧。

……不，不是這樣。我不能露出失望的表情。

我無奈地擠出笑容說：

「這樣啊，那應該真的有人進過他的房間吧。」

我應該笑的。情侶就是喜歡說些無聊事。正如我所願，小市民的假日不就是該做這種事嗎？

「嗯。」

仲丸同學點點頭。

「可是警察很過分耶，他們一聽沒有東西被偷就走了，只留下一句『如果發現異狀再跟我們聯絡』。開什麼玩笑嘛，就算沒有東西被偷，但是玻璃明明被打破了，雖然有租屋保險，但保險額度是有限的，還是有一部分要自己掏腰包。你知道嗎？玻璃其實很貴喔，我以前不小心打破過學校的窗戶，結果要花好幾萬圓修理。好幾萬圓耶！」

「這樣啊。」

或許可以反過來想。也就是說……

「還有喔……」

仲丸同學依然說個不停，如同蓄意擾亂我的思考。

她明明要說遭竊的事，卻夾七夾八地扯了一大堆閒話，又是想要有獨立衛浴的房間，又是想要考駕照開車旅行，又是以前打破過窗戶，真是離題到沒完沒了。我又要聽她講話，又要負責整理事態，這樣真的很辛苦耶。

好吧。依照我的想法，這件事只要靠著篩選資訊就能解決了。

「我哥哥覺得很沮喪，因為有人打破窗子進他房間卻什麼都沒偷，那一定是存心找他麻煩，但他怎麼想都想不到自己曾經跟誰結仇。雖然他是個散漫又冒失的傢伙，但不像是會跟人結怨的人，所以我也覺得很奇怪。如果是我碰到這種事還比較合理。

因為窗子漏風，他乾脆整晚都開著窗子，過了一晚，他才想到一件不妙的事。小鳩，你知道是什麼嗎？」

發現自己房間有遭人入侵的跡象，但又沒有東西被偷。那還有什麼好擔心的？

如果是我的話，應該會先拿起螺絲刀拆開插座的蓋子檢查看看。

「他擔心被人裝了竊聽器？」

仲丸同學又皺起眉頭，用懷疑的眼神看著我。

「嗯，我哥哥也是這樣想的。」

她頻頻打量著我。我的臉上又沒有沾到東西。或許是因為……

「……小鳩，我真的沒有說過這件事嗎？」

「我沒聽妳說過。」

「是喔……」

她似乎還是難以釋懷。我很想回答「就算沒聽過也猜得到這些事啦」，但我努力忍住了。

「算了，不管了。我哥哥房間的插座在一個很大的音響後面，要在裡面偷裝東西一定很麻煩。音響沒有被搬動過的痕跡，所以他覺得不像是被人竊聽或偷拍。天亮以後，他去找房屋仲介，卻發現仲介先前去旅行了，昨天才剛回來，完全不知道這些事，所以他只談了玻璃費用的事，中午剛過就回家了……你知道有誰在家等他嗎？」

這次不太容易立刻回答。

她會特地這麼問我，就代表她哥哥從仲介那裡回來之後看到了意想不到的人物。仲丸同學剛才提過的人物不多，只有她哥哥、社團夥伴、警察、房屋仲介，或許也包括她自己。

要說令人意想不到、跟這個故事又有關聯的人物……我只想得到一個。

「說不定是……」

「嗯。」

「真……」

應該是真凶吧。

我本來正想這樣說，卻臨時踩了煞車。

仲丸同學已經對我起疑了，而且我每次都有問必答，一定讓她覺得很不愉快，我光看她的表情就知道，再對照經驗就更清楚了。雖然我的腦袋知道這一點，卻仍然沒有銘記在心，說不定我真的像仲丸同學說的一樣遲鈍。

我現在若說出「正確答案」就錯了。上高中以後的這兩年小市民生活已經讓我學會，小市民的對話從來不會「有問必答」。沒有人教過我這些事，但我已經學會絕對不能事先猜到對方要說的話。

因此我又得說謊了。也就是……

「唔……真的猜不到耶。」

我只能這樣說。

結果仲丸同學立刻眉開眼笑地說：

「猜不到吧！我告訴你喔……竟然是真凶喔！」

「哇塞，那真的會嚇到。」

「就是啊！就是啊！」

仲丸同學似乎連腳步都雀躍起來了。她繼續說：

「那人一直站在門口，所以我哥哥本來還以為他是來送貨的，但看起來又不像，所以我哥哥就問他『你有什麼事嗎？』，那人竟然回答『你住在這裡嗎？不好意思，闖進你家的人是我』。哥哥嚇了一大跳，雖然他平時很臭屁，事實上一點都不強悍，我想他一定嚇壞了吧。」

那樣的確很嚇人。明明不想惹麻煩，麻煩卻主動找上門，搞亂了人家平靜的生活又跑掉了。譬如蠻橫的抱怨，或是無理取鬧的要求……所以古人才說小市民和君子一樣不立危牆之下。

我們走出觀光步道，經過大樓環繞的廣場。這地方有個時髦的名字——「Aqua Park」，事實上只是普通的市民廣場，只不過和觀光步道一樣花了大錢裝潢，地上鋪了紅磚，中央還有個噴水池，池子中央有三座純白的天使高舉著喇叭。

「那個人感覺有些陰沉，話說回來，開朗的人也不會做出這種事吧。不過哥哥說那人不只是陰沉，看起來還有些神經質。神經質的人到底長得什麼樣啊？小鳩應該不算吧。我們班上是不是也有那種人？」

「……好像有吧。」

就算有，我也不記得名字，所以我什麼都沒說。不過她幹麼說得這麼開心？

「或許就像土井那樣？」

「土井嗎……喔喔，對啊，他的確有這種感覺。」

我說出來以後才想到，仲丸同學說的土井可能是女生。算了，反正她也沒注意到，應該無所謂吧。

「然後啊，因為那人說話說得扭扭捏捏，我哥哥聽得有點火大，但他擔心若是態度太凶對方可能會拿出菜刀，只能努力地耐住性子，冷靜地向那個小偷，或是該說本來打算偷東西的人問道『為什麼做這種事』。仔細想想，這種問題實在很沒意義。那個小偷靜靜地盯著我哥哥，眼神中好像帶有一絲恨意，然後他開始解釋為什麼要打破窗子闖進房間……他的理由真是出人意料。小鳩，你一定想不到。」

就是啊，我彷彿陷入五里霧中，什麼都看不清，就連要猜都不知道該從何猜起！

我本來是要這樣回答的，這樣應該比較好。

但是一切的不幸都在此時落到我的頭上。

Aqua Park的噴水池中央的三座天使像。水柱從它們的喇叭裡面噴出，七彩光輝在水底閃閃發亮，我彷彿還能聽見細微的樂聲。

我是這樣想的……雖然我想裝蒜，但是看到天使吹喇叭，感覺就像進入了聖經默示錄的世界。

因為這樣，讓我有些分心，小市民的節操也被那靜謐的喇叭聲給吹走了。我喃喃說道：

「大概是……」

我已經把資訊篩選清楚了。

仲丸同學的哥哥一個人住在公寓裡。

她哥哥的房間又小又髒。

她哥哥的房間多半在一樓，而且是浴廁合一。

她哥哥參加了社團，在某一天的深夜出發前往新潟。

他三天後回家，發現玻璃窗破了。

房間裡滿地散落著書和ＣＤ，其中也包括很貴重的ＣＤ。

她哥哥喜歡金屬樂。

她哥哥的房間裡有一臺很大的音響。

據他推測房間沒有被人安裝竊聽器之類的機械。

修窗戶的費用可以用公寓的保險支付。

真凶主動現身了。

此外……

仲丸同學很不客氣地說她哥哥散漫又冒失。

她哥哥晚上會去家庭餐廳打工。

她哥哥早上會去送報紙。

房屋仲介前陣子去旅行了。

此外還有一個很大的提示。只要把這些線索合起來，答案就呼之欲出了。簡單到根本不需要想。

「大概是要關音響吧。」

那個人不是為了偷東西。

但他一定得闖進房間。因為事態緊急，他沒辦法等到仲丸同學的哥哥回來。

我首先想到的是失火。如果她哥哥出門時家裡還在燒開水，那就是緊急狀況了，就算要打破窗戶也得闖進去。可是窗簾關著，就算房間裡在燒開水，外面也看不見，而且若真是如此，仲丸同學說的就不會是「有個奇怪小偷闖進來」的故事，而是「差一點發生火災」的故事。

不是失火，但鐵定有個重大理由讓他非得闖進人家的房間不可。

從仲丸同學的話中聽來，那人並非一副趾高氣昂、要來討人情的樣子，所以應該也不是瓦斯洩漏觸動警報之類的緊急狀況。如果真是這樣，那人何只不是小偷，根本是恩人，而仲丸同學也不會說出「奇怪小偷」的故事。

那會不會是水呢？或許她哥哥沒關水龍頭就去新潟了……可是她哥哥的房間應該在一樓，所以不會發生樓下漏水的情況。

想到這裡，最可疑的就是聲音了。她哥哥的房間發出巨大聲響，直到深夜都沒有停止，到了隔天還是一樣吵，去敲門也沒有人應門，想必是沒人在家。若是這種情況，連我都忍不下去。

……她說哥哥的房間又小又髒，想必牆壁不會太厚。

此外，她哥哥晚上和早上都要打工，為了避免睡過頭，他當然要設定morning call。是鬧鐘嗎？還是手機的提醒音效？如果是這些就好了。

不過，音響的定時播放功能也可以當成鬧鐘。

「鬧鐘」和「音響的定時播放」最大的差別就是能選擇的音樂種類，其次是「會不會自動停止」這一點。鬧鐘多半響一下就停了，但音響若是沒有事先設定好，就得靠手動關閉才會停下來。

她哥哥是深夜出發的，如果他每天用來當成鬧鐘的音響自動播起金屬樂，又沒人去按停，就會咚茲咚茲地連續播放三天。聽金屬樂通常不會聽得很小聲，所以音量應該滿大的。

那個「看起來很神經質」的人可以選擇忍耐，也可以選擇去找房屋仲介抗議、用正常手段進入他的房間，但他沒辦法忍耐整整三天，而仲介又去旅行了……就是因為這樣才會破窗而入吧。真凶是同一間公寓的住客，他之所以採取這種強硬手段，可能是知道玻璃窗的修理費用大部分可以靠保險支付。

還有一個提示能支持我的推理，其實我的靈感就是從那裡來的。

仲丸同學用一句「對了」開始了這個話題。當時出現在那裡的是版畫展的海報，或許她是看到版畫而想起了喜歡拼圖的哥哥。

此外，那個地方還發生了讓我印象更深刻的事。

就是宏亮的音樂盒報時聲。

我脫口回答的聲音很小，但還沒有小到會被噴水池的水聲蓋掉。

仲丸同學停下腳步，轉頭望著我，她的臉上明顯浮現出懷疑的神色。

過去的記憶突然閃現，讓我暗自一驚。那是我在國中時代被很多人指指點點的回憶。我還以為大家都會稱讚我很聰明，結果卻不是這樣。湧來的批評越多，我的立足之地就變得越狹窄。

我早已決定要在被所有人孤立之前成為小市民。

話雖如此，龐大的自負還是讓我讓我忍不住想要炫耀。以前的我會口無遮攔地說出來，而現在的我只會在心底想想而已，但我想的事情還是和過去一樣。我就是這樣想的——「怎樣啊？拿這種程度的謎題讓我猜，一點挑戰性都沒有。能不能找一些難度比較高的啊？」

我說不出這種話。再也說不出來了。

面對仲丸同學，我真的不知道接下來該說什麼。我相信她一定討厭我了，甚至還自暴自棄地想，就算我被她討厭也是應該的。

可是仲丸同學凝視我良久之後，卻喃喃地這樣說：

「我有說過這件事吧？我總覺得我有跟你說過。」

「……啊，嗯。」

我今天最大的好運並不是猜出小偷故事的結局，接下來的一句話才是最絕妙的。我像是溺水時抓到了浮木，努力露出微笑說：

「是啊，是很久以前聽到的，我都差點忘了！」

她說她哥哥一整晚都開著窗戶睡覺，可見這件事是發生在去年夏天，最晚也是初秋。這件事發生的時間久遠，正好挽救了我的失言。接著我立刻轉移話題：

「那麼，接下來要去哪呢？」

天使的喇叭噴出最後一條水柱，隨即落下。

3

校刊社的編輯會議通常是在每月的第一週舉行。

春假要放到四月，而且剛入學和剛升年級也有些忙亂，基於各種因素，偶爾違反常例也是情有可原的。但是這個學年度的第一次編輯會議之所以需要緊急召開是因為其他的理由，而我比誰都更清楚這個理由。

開學典禮這一天送出去的《船戶月報》沒有刊登連續縱火案的「謎底」。我在最後一刻換掉了稿子。

（四月七日　船戶月報　第八版）

各位新生，恭喜你們入學，船戶高中由衷地歡迎你們的到來。

校刊社從去年秋天開始對某件事持續進行追蹤報導，為了向各位新生解釋事情的經過，在此先簡述概況。

十月十三日，葉前的空地遭人縱火。一堆剛割下來的草被燒了，所幸草還很溼，所以火勢沒有擴大，也沒有驚動消防局。

十一月十日，西森的兒童公園發生火災，起火的是垃圾桶，地上殘留著些許煤灰，但沒有延燒到旁邊。有一些報紙也報導了這件新聞。

十二月八日，小指的建材堆放處傳出火災，燒掉了一根廢木材，附近居民和消防員合力滅了火。

一月十二日，茜邊的路邊遭人縱火，一輛廢棄腳踏車的椅墊被燒毀。

二月九日，津野的河邊被縱火。雖然消防車出動，但還是有一輛車燒毀。這輛車是之前被棄置在河邊的。

三月十五日，日出町的公車站牌附近被人縱火，起火的是放在長椅下的雜誌，長椅也被燒壞了。

筆者很關切這些事件，極力呼籲大家要小心用火，此外還縝密地分析事情發展的經過，想要找出這一連串事件（這很明顯是相關的『一連串』！）的規則性。

結果相當地成功，筆者預測到了二月會在津野一帶發生縱火案，三月則是發生在日出町，這全是靠著校刊社勤奮不懈的調查以及敏銳的洞察力所推理出來的。

筆者不會滿足於過去的成功，這次也謹慎地分析歸納，預測出卑劣的縱火犯接下來可能會把目標鎖定在上町三丁目或華山。

筆者在新的學年裡也會細心地持續關注這事件，最主要是不能容許這種可恨的罪行，再來也是為了展示船戶高中校刊社的力量。

歡迎有志新生來校刊社參觀，我們在印刷準備室翹首盼望著新社員的加入。（瓜野高彥）

——

報紙是由校刊社的社員拿出去分發的。五日市和堂島社長用不著擔心，可是一想到門地是用什麼心情去送報，我就有點愧疚，同時又覺得很痛快。

升上二年級後，我和里村分到不同的班級，不知道她看到這份報導時會不會跟朋友們興奮得又叫又跳。不過，我發現，在大家才剛開始互相觀察的新班級裡，有多達五個人在看《船戶月報》。

我猜之後一定還有事情要應付。

聽到緊急集合的消息時，我的心裡立刻就有底了。

一切的發展都和我的預料一樣，我唯一沒料到的就是岸不在了。聽說他新學年一開始就突然說要退出校刊社。這種情況很常見，因為參加社團若是不到一年就退出，升學調查書寫起來不太好看。

在國中的時候，大家普遍相信有所謂的內申書（註2），在高中很少聽說這種事，如果岸是因為相信了這件事而撐到新學年才退社，倒是很符合他輕浮的風格。

會議中的情況也和我料想的一樣。已經升上高三的門地一開始就教訓我說：

「瓜野，你太得意忘形了，你應該還記得三月編輯會議的結論是什麼吧？如果不能遵守大家開會的結論，乾脆退出好了，免得給大家添麻煩。」

三月的會議決定交給我四分之一頁的版面，那是堂島社長提議的，目的是要「揭露謎底」，說出我如何猜中連續縱火案的下一個地點，這也是為了結束這一系列的追蹤報導。照這樣看來，我的確沒有遵從會議的結論。

2　國中提供給高中的非公開學生資料，以作為是否錄取的參考。

但我參加今天的會議之前當然已經想好要怎麼解釋了。

「我們會決定在四月號結束報導，是學生指導部的新田要求的。可是新田被調走了，他已經不在了，就算繼續報導也沒有人會說什麼。」

「這跟新田沒有關係，你違反編輯會議的決定是事實。當時大家明確地做出結論，你也答應了。」

「沒這回事。會議中只決定了要給我四分之一的版面吧。」

門地挑起眉毛，瞪著我看。

「你是在跟我開玩笑嗎？」

上個月在學生指導室的時候，我被新田那種偏執的魄力嚇得什麼都說不出來，只能靠著堂島社長幫我說話。我到現在都還沒忘記當時的恥辱，怎麼可能會被門地這種人嚇到。我沒有閃避，而是勇敢地正面迎擊。

「我沒有開玩笑。我事先就寫好了兩篇報導，一篇依照新田的要求幫追蹤報導做了結尾，另一篇是為了在情況改變時用來替換的報導。結果情況真的改變了。」

我想起了和小佐內去看電影那一天的事。小佐內給我一份教職員調動的報導。

我也想過為什麼小佐內會帶著那份報導。如果她不知道新田阻撓我的那件事，就不可能特地拿那份報導給我看。小佐內全都知道，而她的消息來源除了堂島社長之外不會有其他人了。

社長和平時一樣盤著雙臂，上身稍微後仰，像是在炫耀他寬闊的肩膀。我想起了第一次見到小佐內時她和堂島社長說悄悄話的模樣……看來這兩人之間的連繫比我想像得更深。

不，現在管不了那些了，我得駁倒門地才行。

「學長開口閉口都叫我放棄，你有沒有想過，我為了這份報導是多麼地拚命？我可是在寒冬的大冷天都騎著腳踏車到處調查縱火地點，我可不像學長只會寫些『校長的話』之類的東西！」

「瓜野，你這混帳！」

我這句話鐵定戳中了他的痛處。

門地就是這種人。堂島社長把自己的工作做得很好，我不得不承認這一點，但是門地一點都不投入，我從沒看過他提過任何有建設性的提案，他甚至連堂島社長的應聲蟲都算不上。門地跟岸都是一個德性，他們不喜歡多費力氣，只會被動地依照要求寫出符合字數規定的稿子，現在他卻用維護校刊社規矩的名義妨礙我的工作，相較之下，明確表示「我不想幹了」的岸還比較老實。

門地氣得面紅耳赤，而我也沒有退縮的意思，一旁的五日市驚慌地游移著目光。

「講得一副了不起的樣子，你以為自己是誰啊？是你自己想要到處調查的，又沒有人拜託你去。你引以為傲的報導只不過是從報紙地方版抄來的，這種水準的東西有什麼好得意的？」

「如果那真是抄來的，你批評的確實有道理。你不明白嗎？我可是靠自己找出了連續縱火的規則，這份報導只有我寫得出來，連報章雜誌都做不到。學長，你是一定寫不出來的！」

我一開口就停不下來了。氣氛變得越來越火爆。我的雙手在桌子下握緊拳頭。就在快要爆發的那一刻，堂島社長鬆開盤起的雙臂。

「冷靜點，門地……瓜野說得沒錯。」

「堂島。」

「我不是要批評你的報導，但瓜野確實很努力，他用心調查，用心思考，雖然和我期待的方向截然不同，但他表現得很好，這時突然被人喊停，換成是誰都沒辦法接受。我可以理解他看到新田被調走就更換報導的做法。」

門地聽得臉孔扭曲。他一定以為社長會站在他那邊，而我也隱隱約約地期待著堂島社長能理解我的立場。

但社長並不打算護著我到底。

「……所以，門地，讓我來說吧。」

社長把手按在桌上，眼神銳利地注視著我。他不像門地那樣凶神惡煞，但我還是緊張到正襟危坐。

「瓜野，我有幾個問題要問你。」

「是。」

暖場結束了。緊急會議現在才要進入重頭戲。

「把你叫到學生指導室、制止你繼續報導連續縱火案的人確實是新田……可是，你有沒有想過，那或許是學生指導部全體老師的決定？」

「咦？」

「雖然新田被調走了，但學生指導部並沒有消失。以後說不定還會有其他老師找你過去，問你為什麼不遵從新田老師的指導。

如果你寫了『揭開謎底』的報導，我就知道要怎麼解釋了，但你卻沒有這麼做，這麼一來，我們就沒有理由可以辯解了，說不定學生指導部還會給你處分。我問你，你有想過可能會發生這種結果嗎？」

聽他這麼一說……

社長說，就算新田不在，學生指導部還是存在。

一點都沒錯。

「……沒有。」

但我會這樣決定也是有理由的。

「當、當時在學生指導室裡的老師只有新田，而且他的態度那麼蠻橫，所以我以為這只是他一個人的想法。」

「我也是這樣以為，但我們並沒有確認過。」

「這個……」

我一時之間無言以對。新田確實很不講理，但這或許不是因為新田，而是學生指導部的決定本來就很不講理……

「總之我們現在只能等著看學生指導部的反應。或許他們不會有任何反應，總之現在還很難說。第二點……」

堂島社長把手按在桌上的《船戶月報》。

「這篇報導的最後有招募社員的資訊。」

「這是四月號，當然要招募新生。」

「要招募就正常地招募。」

社長的視線盯在報導上。

「但這不是正常的招募。你寫的是今後還會繼續報導連續縱火案的新聞，邀請對這件事有興趣的人來校刊社。我們在編輯會議上決定給你篇幅，可沒有叫你一併負責安排這學年的活動方針。我不想質問你以為自己是什麼人，但你實在做得太過火了。」

的確，我也覺得自己不該寫這麼多。該說是手滑嗎？但我也有自己的解釋。

「這裡只是專欄的招募資訊，反正第一版也刊登了校刊社的招募資訊啊，所以我覺得應該沒關係吧。」

「你拗得太硬了。」

他一句話就駁回了我的解釋。

「第一版確實刊登了招募新社員的資訊，就算是這樣，專欄也不是可以讓你為所欲為的地方。既然第一版在招募新社員，要在其他版放招募資訊更該考慮到整體才對，因為你不是在招募自己的手下，而是以校刊社的名義招募社員。我們應該還沒決定這學年也要以校刊社的名義繼續報導這件事吧？」

門地一臉得意地插嘴說：

「你太不懂得節制了，愛寫什麼就寫什麼。」

堂島社長只是瞄了門地一眼，我也懶得再理他了。

社長輕輕地哼了一聲。

「話雖如此，現在我們是只有四個人的小社團，要求事事統一意見也沒什麼意義。這一點等到有新社員加入再來考慮也不遲，以現階段來說，只要你能理解自己寫的東西代表著什麼意思就夠了。」

以現階段來說……這是自嘲的意思嗎？社長緬緊的面孔沒有半點動搖，看來應該不是。

「第三點。」

是我多心了嗎？總覺得社長的目光變得更銳利了。不，堂島社長的確更重視「第三點」。他停頓了很久，久到足以令我意識到這一點之後，才說：

「如果你是因為太重視自己的報導才這麼失控，我可以理解。不過，很抱歉，瓜野，我還不能完全信任你。」

簡短的沉默，緊緬的氣氛。

「我叫你寫『揭露謎底』的報導，你說你已經寫了，只是因為新田被調走才換成事先準備的另一篇報導。既然如此，我想請你拿出來看看……如果你真的寫了『揭露謎底』的報導，就拿給我看看。」

我差一點就發出沉吟聲。

如果沒有這篇報導，那確實表示我從一開始就不打算遵從編輯會議的決定。如果有這篇報導，我的論點就有了證據。

社長在意的不是我做對或做錯，而是我做事的態度是否合乎道理。所以一切的關鍵就是有沒有那篇「揭露謎底」的報導。沒想到他在意的竟然是這個。

我本來覺得堂島社長是個粗枝大葉又保守的人，這個印象卻不斷地被翻轉。和三月在學生指導室外面感受到的情緒相反的心情赫然湧出。我因感慨和後悔而沉默不語，但門地似乎誤會了我沉默的理由，他得意洋洋地說：

「怎麼可能有嘛，這傢伙就只是任性妄為。」

然後還說：

「你倒是說話啊！」

我不打算說什麼，也沒必要說什麼。我從書包裡拿出黑色資料夾，調查連續縱火案的一切資料都夾在裡面，原本輕薄的資料夾已經變成厚厚的一大疊。我從裡面取出一張影印紙。這篇報導比較冗長，因為最後沒有用上，所以我沒有調整過字數。

交出那張紙之前，我還猶豫了一下，因為我不太想讓人看到自己獨占的「題材」，也就是連續縱火的規則。

社長看出了我的顧慮。

「《船戶月報》不是你一個人的。」

是啊。要不是因為有過爭執，我一定會和全體社員分享手上的資訊。現在才讓大家看都有點晚了。

明知如此，我還是不太想放棄獨占的資料……我可沒有義務把自己的最終王牌也交出來。

我把影印紙放在桌上，心想自己的表情一定扭曲了。

（四月七日　船戶月報　第八版　原稿A）

各位新生，恭喜你們入學，船戶高中由衷地歡迎你們的到來。

《船戶月報》以報導校內活動為主，但有時也會報導其他新聞，譬如從今年二月開始在木良市各處接連發生的縱火案，本專欄也發表了相關的見解。為了向大家介紹校刊社在上一個學年的活動，在此先做個簡述。

十月十三日，葉前的空地遭人縱火。十一月十日，西森的兒童公園遭人縱火。十二月八日是在小指的建材堆放處。一月十二日是在茜邊的路邊。二月九日是在津野的河邊。三月十五日是在日出町的公車站牌。

筆者相信這一連串事件是有關聯的，因為每一次都是發生在該月的第二個星期五深夜到星期六凌晨。除此之外，縱火的規模還有逐漸擴大的傾向。綜合這兩點來看，這些縱火案很明顯是出自同一人之手。

經過詳細調查，筆者找到了其中的「關聯性」，並且正確地預測到凶手接下來要縱火的地點，每一次都說中了。

想要了解其中的「關聯性」，最好搭配木良市的地圖來看，可以的話請大家一邊想像木良市的地圖一邊看下去。

六件縱火案的地點之間都隔了一大段距離，可見縱火犯刻意選擇離上一次作案地點比較遠的地方。不過，這樣只能看出「是和上一次縱火案不同的地方」。

為什麼要在不同的地方縱火呢？這是為了避免讓同一個區域提高警戒，這樣才有效果。如果一直固定在同一個地區縱火，當地居民說不定還會加強巡邏。此外還有其他理由嗎？

筆者注意到的是發生火災之後的情況。即使是居民提水桶或拿水管就能滅掉的小火災，只要發生火災就會有人通知消防局。事實上，這些連續縱火案除了十月的葉前和三月的日出町之外，都有消防車出動。

於是筆者調查了消防車出動的情況。

調查結果發現，每一次縱火案出動的消防車都是來自不同的分局，依次是西森分局、小指分局、茜邊分局。筆者針對這順序，逐一調查了電話簿、郵遞區號對照表、木良市災害潛勢地圖等。

最後筆者終於找到了符合這順序的清單。令人驚訝的是，這和木良市「防災計畫」記載的分局清單的順序竟然正好相反！

這是個巧合嗎？不，筆者深信這是重要的線索。於是以此為根據，預測了今年二月的縱火地點是津野或木挽。因為在分局清單上，茜邊分局的上一個就是津野分局。結果筆者的預測猜中了。而津野分局的上一個是當真分局，當真分局的轄區包括當真町、鍛冶屋町和日出町，如同筆者的預測，三月發生火災的地點就是日出町。

用歸納法可以證明筆者的調查是正確的（各位新生想必在國中的時候都學過歸納法吧！）。以下是筆者個人的推測：縱火犯極有可能是消防局相關人士，或是市公所的職員。因為若不是與防災有密切關係的人，可能連「防災計畫」的存在都不知道。

以上介紹完畢，筆者針對連續縱火案的所有調查已經結束了。各位新生應該都理解了我們校刊社的活動是多麼地扎實而有意義。若是各位贊成這些活動、渴望參與其中，請到校刊社的辦公室（印刷準備室），本社誠摯歡迎新社員的加入。（瓜野高彥）

堂島社長看完之後最初的感想是：

「簡直就像唆使犯罪。」

他的嘴角稍微揚起，大概是苦笑吧。

接著社長又問：

「你現在有那張『分局清單』嗎？」

當然也放在資料夾裡面。

木良市消防局列表

（木良市防災計畫　11頁）

木良消防局

木良南消防局

木良西消防局

木良市消防分局列表　附上大概管轄區域

加納分局　加納町、安積町、三宮寺町
檜町分局　檜町、南檜町
針見分局　針見町
北浦分局　北浦町
上町分局　上町一丁目、二丁目
華山分局　上町三丁目、華山
當真分局　當真町、鍛冶屋町、日出町
津野分局　津野町、木挽町
茜邊分局　茜邊町、茜邊東新町
小指分局　小指町
西森分局　西森町、舊洞里
葉前分局　葉前町（包含山林區域）

「的確符合呢。」

那當然。

但是門地一看就叫道：

「只是巧合啦……怎麼可能跟『防災計畫』有關！」

他上身前傾，講得口沫橫飛。

「你只是在硬拗，否則根本不可能找出這種東西。照著這份清單的順序放火有什麼意義？鬼才知道這份清單啦！」

「很難說。」

堂島社長還是維持著一貫的冷靜，他仔細地看著清單。

「不可能沒人知道這份清單，至少會有製作者、那人的屬下和上司，再來就是收到這份清單的單位。瓜野在報導裡提到縱火犯可能是消防局相關人士或市公所職員，不是沒有道理的。」

我點點頭。

「縱火地點散布在市內各處，而消防局為了涵蓋全市一定也會分散在各處。此外，我認為縱火犯是成年人，我不知道這個人住在哪裡，但是從西邊的西森到南邊的茜邊距離很遠，若不是開車就太不方便了。」

但社長聽了卻歪起腦袋。

「是嗎？有腳踏車就夠了吧。如果你說成年人比較有機會看到這份清單，我倒是可以接受。」

的確，我去調查也都是騎腳踏車。老實說，真的很累。我在白天去調查都這麼辛苦了，所以自然覺得縱火犯在半夜行動一定會開車。

如果是堂島社長，即使是半夜騎腳踏車也算不了什麼，他看起來就是一副精力旺盛的樣子。不過我自己不是這樣，我也沒理由把縱火犯想得特別強壯。我很想反駁，但是現在最好不要說。

「我不明白的地方和門地一樣，縱火犯照著這份清單作案到底有什麼好處……縱火的同時還要顧慮消防車會從哪裡出動，這簡直像是在挑戰或做實驗。不過我問你縱火犯的動機也沒用，我想問的是……」

社長把清單放在桌上。

「你是怎麼發現這份清單的？」

我會想到這件事和消防局的轄區有關，是因為和冰谷出去調查那天在站前看到的消防車。紅色的車身上用白漆寫著「上町2」。我注意到那行字，知道那是用來辨識消防車來自哪個分局，而那天去調查小指的火災現場又發現消防局就在旁邊。

想到這個可能性的時候，我原本的反應是一笑置之，但是這個念頭一直在腦海裡揮之不去，所以我回家以後就調查了這件事。

事情的經過就是這樣，不過我沒必要解釋得這麼清楚。簡單地用一句話來表示，重點就是這個：

「我哥哥是消防員，所以我家裡就有這些資料。」

社長慢慢地盤起雙臂。

「……原來如此。」

聽到這麼簡單的理由，他大概也不想再多問什麼吧。

後來社長一直閉著眼睛，社辦裡充斥著異樣的沉默。門地咬牙切齒，一副很不甘心的模樣，但也沒再說什麼。五日市縮著脖子默不吭聲，像是在等待暴風雨過去。我已經證明了「揭穿謎底」的報導確實存在，接下來只要等社長說出結論。

幾分鐘。說不定還不到一分鐘，但感覺格外漫長。社長終於睜開眼睛，說道：

「是我錯了。」

「啊？」

社長依然盤著雙臂，但他的語氣比先前更加凝重。

「是我思慮不周。從結果來看，還好刊登的是瓜野的報導。我們差一點就犯下大錯了。」

我還來不及開口，門地就搶著問道：

「什麼意思？你是說瓜野擅作主張是對的嗎？」

「……嗯，就是這樣。」

「胡說什麼。編輯會議明明……」

「編輯會議的結論是錯的。」

社長指著桌上的影印紙，就是沒有刊登出來的「揭穿謎底」的報導。

「這份報導完全是照著我的指示寫的，編輯會議的結論也是要瓜野這樣寫。可是，門地，你知道如果刊登了這份報導會怎麼樣嗎？」

「什麼怎麼樣……」

突然被這麼一問，門地有些錯愕。

「還會怎麼樣？就是達到了學生指導部的要求，結束了不知所云的報導啊，這不是好事嗎？」

「可是……」

社長打斷了他的話。

「連續縱火案並不會因此消失，如果以後再發生縱火案，校刊社的立場反而會變得更尷尬，所以我才說差點犯了大錯。」

門地還沒想通。
「為什麼我們的立場會很尷尬？」
「你還不懂嗎？」
社長慢慢說道。
「火災都發生在星期五深夜，規模一次比一次大，還有『防災計畫』。瓜野，你發現的共通點就是這些嗎？」
「是、是的。」
我有些遲疑，社長並沒有疏忽這個反應。
「如果還有其他的，你就說出來。到了這個地步，我不會叫你公開手中的王牌，但是如果還有其他的共通點，你就說『還有』。」
社長明明不知道我手中的王牌，但是他光看我的態度就知道我還藏了一手。既然不需要說出具體內容，我只好心不甘情不願地點頭。
「……的確還有一個只有我知道的共通點。」
「這樣啊。果然還有。」
社長深深地嘆氣。
「我不像你這樣思慮周全……門地，如果我們在報導中揭露一切，其他人又模仿這個規律去做案，那就分辨不出是不是元凶了。就算別人指責《船戸月報》造成模仿犯罪，我們也沒辦法辯解。若是真的發生那種事，我們就完蛋了，社團鐵定會被解散。」

門地說不出話了。

「如果不寫出來，倒是還有辦法處理，因為沒人能模仿得一模一樣。只要我們說校刊社可以分辨出元凶和模仿者，誰模仿縱火一定會被看穿，就可以防止有人做這種蠢事。明知不可能把罪行推給元凶，還要繼續縱火，那做這件事的人必定是唯一的縱火犯。這樣我們就能跟這件事撇清關係了，畢竟連一般的報章雜誌都報導了這些縱火案。」

社長像是在自言自語。

「多虧瓜野擅作主張，才讓我們逃過一劫。我果然不適合處理這種問題，看來還是該去找人商量一下。」

社長這番話很奇怪。他說該去找人商量，他是要找誰呢？他想去找適合處理「這種問題」的人商量嗎？

我的腦海裡浮現出了一個人。坐在椅子上的堂島社長和說悄悄話的女孩。為什麼我會在此時想到小佐內？連我自己都不明白。

當我正在思索時，社長突然提高音量。

「瓜野！」

「是！」

「我已經三年級了，還得準備考大學。」

我安靜地聽著。

「依照慣例，高三生到五月才會退社，但我覺得現在正是好機會。我要請辭社長一職。」

「啊？」

發出驚呼的不是我，而是門地，以及先前一句話都沒說過的五日市。堂島社長繼續宣布：

「而且我也會退出社團，你和五日市的其中一人得接下社長的職位，好好地幹。」

我早就知道會有這種事，但我本來以為要到五月才會發生。

高三生退社。社長選舉。

遲早都會發生的，只是我沒想到來得這麼快。

我不經意地向五日市望去，他也正在看著我……但在我們目光交會的瞬間，他立刻就把視線轉開了。

因此，我可以確定事情會如何發展。從今天開始，船戶高中校刊社的社長就是我瓜野高彥了。

從今天開始，就是由我來主導《船戶月報》了。

在感到開心和驕傲之前，我不由得先向盤著雙臂的學長鞠躬。

「辛苦了。」

堂島社長沒有多說什麼，只是比平時更用力地點點頭。

我不認為堂島社長是一個差勁的社長，他有很多優點，我也不得不肯定他處理問題的能力，而且他非常有領導能力。

但他也不是最好的社長，他終究沒能改變《船戶月報》。向學校領取預算、分發給船戶高中全體學生的《船戶月報》應該要做得更吸引人才對。

我把所有精力都投注在連續縱火案，其他事情全都顧不上了。門地還沒表示過要不要退社，但他就算留下也幫不上忙，應該說，他留下只會拖我的後腿。五日市也不太可靠，如果把那些例行公事的報導交給他，他還是可以幫忙填滿版面吧。此外能期待的就是新社員了。如果有能幹的人加入，就叫他去找尋有望成為頭條的消息。若能在連續縱火案過時之前找到下一個頭條就好了。

我也得拿出比過往更好的成績。連續縱火案的後續報導不能只放在第八版的小專欄，最好要有一整個版面，雖然不能放到頭版，還是可以用報導本市新聞的名義放在大半的版面。這樣一來，內容就要再加強了。其實我覺得光是預測到下一個縱火地點還不夠，想要吸引讀者的目光，必須有更大的爆點。

校內對《船戶月報》的評價正在逐漸提高。只要引起期待，並且滿足期待，《船戶月報》的身價也會隨之提高。我一定做得到。

我已經看出了縱火犯的行為模式，所以說，我該寫的報導、我該做的調查就是……以後一定會變得更忙，而且會更有趣。

我突然發現，太陽快要下山了。

我獨自留在社辦裡思索今後的工作，似乎想得太投入了。總之得先招募新社員。我決定叫五日市也出些點子，然後就離開了印刷準備室。

來到走廊上，黃昏的陽光從窗子射進來。今天放學後的夕陽餘暉特別鮮紅。

離校時間還沒到，但走廊上已經看不到人影。我本來以為空無一人，結果我錯了。在紅光之中，有一個人靠在牆邊，手上拿著文庫本。我還以為那是新生，但其實不是。那人雖然矮小，卻是三年級的。是小佐內由紀。

「你終於出來了。我還以為你打算住在裡面呢。」

「妳在等我嗎？」

她從來沒有做過這種事。我與其說是驚訝，倒不如說是疑惑。但是小佐內卻露出微笑，直接了當地點頭回答：

「嗯。」

「這樣啊。我正要回家，一起走吧。」

「啊，嗯。要一起走也行，不過我想要先說一句話。」

小佐內從牆邊往前走一步。

「恭喜你當上社長。」

「呃，喔喔。」

她怎麼會知道？

「謝謝。」

我一邊回答，一邊還在想，她是怎麼知道的？答案只有一個，想必是堂島社長告訴她的。

堂島社長為什麼要告訴她呢？這明明是我們校刊社內部的事。

我又想起了小佐內和堂島社長說悄悄話的樣子。彎曲的身子，柔媚的側臉。

小佐內又朝我走近一步。

「我來這裡等你是因為擔心。」

「擔心什麼？」

「我在想啊，你當了社長以後，是不是會更積極地追那條新聞……這就是我擔心的事。」

我是這麼打算沒錯。我要更深入地追蹤報導。

還不只是這樣。

「不只新聞，我打算抓出凶手。」

「咦……」

「我已經掌握了縱火犯的行動，我要拍下他犯案的照片，交給警察，讓他被逮捕。我都不懂為什麼我先前沒有這樣做。如果可以的話，最好是我親手逮到他。」

船戶高中校刊社社長抓到了連續縱火犯。

這是多麼迷人的主意啊。校刊社的名氣會頓時暴漲，我的名字不只會記載在校刊社的歷史，還會記錄在船戶高中的歷史。這正是我最期待的。

想要親自抓到凶手不是簡單的事，我不知道縱火犯的體格如何，沒有練過任何武術的我不見得能靠一己之力制伏對方。

但我只要能拍到他作案的那一幕就好了。

「《船戶月報》會出現天翻地覆的改變。」

小佐內的表情變得有些黯淡。

「即使連堂島在的時候，都做不到的事？」

這句話讓我的心底湧出一股漆黑的情緒。

果然。小佐內和堂島社長之間依然有著某種聯繫。

是怎樣的聯繫？此外，小佐內對堂島社長信賴到什麼程度？

「那傢伙根本什麼都沒做，有沒有他都一樣。」

至少在調查連續縱火案這事上他沒有幫上任何忙。

對了，我想起來了。打算看愛情電影卻看到驚悚電影的那一天。小佐內帶我去了有好吃冰淇淋的地方，並且在店裡對我這樣說——「別再淘氣了，什麼都不做才是最好的」。

「妳不贊成我調查那件事嗎？」

「……瓜野，你的表情好嚇人。」

「為什麼？妳不相信我嗎？比起我，妳更相信堂島嗎？握有王牌的人明明是我。我還知道一些別人不知道的事，堂島根本什麼都不知道。」

小佐內把手上的文庫本抱在懷裡。彷彿想要用那本小小的書來保護自己。

「是啊，我相信堂島，因為他很好用。但我說的不是這個意思。」

「那麼……」

「我說啊。」

小佐內垂下眼簾。

「你別生氣，冷靜地聽我說……我不討厭努力的人，只是……」

她的聲音越來越小。

「我喜歡的是什麼都不做的人。」

「什麼都不做……？」

「是啊。我是個小市民，我喜歡的也是小市民。」

她的聲音細微到幾乎難以聽聞。如果不是因為放學後的走廊格外安靜，她的聲音一定會被蓋掉。

唉，小佐內。

……妳真是太不會說謊了！竟然為了阻止我而說出這麼莫名其妙的話，妳以為這樣就能說服我嗎？

「我不是。」

我斬釘截鐵地說道。小佐內訝異地抬起頭。

「我不是這種人，我不是什麼都不做的小市民。交給我吧，沒問題的。妳等著，只要三個月，我就會讓妳看到最棒的結果。」

堂島社長已經離開校刊社了，現在當家的是我。

不管小佐內說什麼，我都不會停手的。如果她不相信我的能力，那我就證明給她看。

「聽我說，瓜野……」

「我不想聽。」

我伸出雙手，抓住小佐內的肩膀。纖細狹窄，彷彿用力一握就會碎掉的肩膀。我把她拉過來，蹲低身子。

然後，我做了一直很想做卻又不敢做的事。

我親吻了小佐內。

但是。

我沒有感覺到小佐內嘴唇的觸感。我本來以為會有溫暖柔軟的感覺，結果卻只感到冰冷僵硬。

我原本不打算閉眼，結果還是閉眼了。詭異的觸感讓我慢慢睜開眼睛。

一張紙。

小佐內用一張薄薄的紙擋住了我。她把一張紙遮在自己的嘴前。那是一張收據。小佐內左手拿著文庫本，右手拿著收據。我發燙腦袋的一角想著，喔喔，原來她把收據當作書籤啊。

短短十公分的距離之外，小佐內瞇起了眼睛。

「也不是不行。」

她似乎很愉快。收據還在嘴巴前。

「我叫你聽我說，你就好好地聽著。」

我往後退開，抓住她肩膀的雙手也放開了。

小佐內輕盈地往後跳開，雙手背在背後，抬眼瞄著我。

「但是，瓜野，你說交給你吧，你要讓我看到最棒的結果。」

我點點頭。

小佐內笑了。我一直很努力在逗她開心，但她每次都只是微笑。

此時的她笑得非常燦爛。

「……好啊，我就等著看吧。」

說完之後，小佐內轉身背對我。

從她的肩後有一個輕飄飄的白色東西落下。是收據。小佐內薄薄的盾牌。

「給你吧。當作紀念。」

我蹲下撿起收據，抬頭一看。

小佐內已經不在了，鮮紅的夕陽餘暉變成了陰暗的夜色。

4

手機在我的口袋裡震動。事先設定的鬧鐘啟動了。我把自動鉛筆放在桌上，抬頭仰望，對著天花板嘆了一大口氣。

週日的圖書館。在圖書館不閱讀，而是準備考試，或許是不太可取的行為。不過，木良市立圖書館自己規劃出一區「學習室」，還貼著「學生請使用此空間」的標語，所以我就不客氣地坐下來了。只要是在許可範圍內就肆無忌憚，這也是小市民該有的素養之一。

這種學生不在少數，學習室裡一半的位置都有人坐了。現在明明才四月。四月就開始準備考試，我還真是用功，不過應該持續不了太久，恐怕到了下個月就欲振乏力，要到暑假才會再開始用功。到那時期，這裡的學習室想必會大爆滿吧。

今天我隨興地準備了大學入學的考古題，試著寫寫看。我還照著正式考試的規定設定了答題時間。

還是有一些問題答不出來，其中有一部分是今後才會學到的範圍。話說回來，我才剛升上高三就來寫需要用高中三年準備的考試，如果考得好也很奇怪，畢竟有三分之一是我還沒學到的。

我花了三十分鐘左右批改答案。面對寫著答案的活頁紙，我不禁歪頭。雖然我化學比較差，但還沒差到需要擔心的程度。現代國語的分數卻時高時低，我常常拿到滿分，有時卻只在及格邊緣。

原因可能和個性有關吧。譬如說，有些題目會問「因為A，B失去了重要的東西。再次見到A時，B會是怎樣的心情」，這是選擇題，所以我只要找出帶有懊惱或不甘心含意的選項就好了。我明明知道這點，偶爾卻會忍不住想到「不，照這發展來看，B的心中一定會感到開心」。見到了能揭漏真相的證人，不可能不開心的。但我找不到適當的選項，猶豫再三之後還是答錯了。現代國語每一題的分數都很重，尤其是解讀文意的題目，所以絕對不能容許這種失誤。

我有辦法在大考之前解決這個怪癖嗎？

……大概很難吧，畢竟個性是與生俱來的。距離大考還有九個月，現在看來簡直久遠得無窮無盡，但遲早都會過去。以前覺得很漫長的小學六年過去了，久得像是永恆的國中三年也過去了，所以高中三年沒有不結束的道理。我雖然明白，但是該怎麼說呢？難道時間不會突然陷入循環嗎？

搞不好會有那一天，所以到時再用功就好了。我收拾東西，早早離開。哎呀，真是累死人了。

回家以前，我在走道旁的自動販賣機買了咖啡。在這個季節真不知該喝熱的還是冰的。雖然已經不冷了，但也沒有熱到讓我想喝冰的。最後我買了熱咖啡，坐在自動販賣機旁邊的長椅上。

喝一口熱咖啡，喘一口氣。

我從書包裡拿出活頁紙，看著剛才寫的考古題答案。因為是選擇題，所以上面全是數字，像是第一題＝2、第三題＝4之類的。我心想自己究竟花了多少時間寫這些數字？心中感到一陣空虛，不想再看下去，就把紙翻到背後。

在答題之間，我胡亂寫了一些字。這些字一直吸引我的注意，讓我無法集中精神，就像是埋在皮膚底下的小刺……我從去年就不時想起這些東西，心裡始終無法釋懷。

那些胡亂寫的字裡有一些專有名詞。

堂島健吾。

小佐內由紀。

瓜野高彥。

五日市。

北条。

插在我肉裡的刺就是「船戶高中校刊社爭奪主導權事件」。

也有可能是「木良市連續縱火案」。

我已經想了很久，到底要不要拔掉這根刺。

基本上我是不太想管啦，我已經跟小佐內分道揚鑣了，現在無論她做什麼，我最好都不要管她的閒事。可是，這件事或許有百分之一的機率會演變成不可收拾的狀態。如果真的被我料中的話……到時我要做的事就更多了。

我喝光咖啡，把活頁紙收進書包。

走出圖書館，去停車場牽腳踏車。

要出來時，我思索著該往左還是往右。往右是回家的路。現在時間還早，應該可以在太陽高掛的時候回到家。往左是堂島健吾的家，走路只要幾分鐘，騎腳踏車就更快了。

我騎上腳踏車，喃喃說道：

「健吾啊……該怎麼辦呢？」

知難行易、坐而言不如起而行，這些可不是小市民的素養，而是英雄人物的素養。去向健吾打聽看看，說不定就能拔掉了我心中的刺。不過我還是有些猶豫，因為我和健吾並沒有那麼要好。

我搔搔臉頰。

雖然我不太想做什麼，但是事情一直卡在心上很不舒服，就連準備考試時都忍不住在意，這對考生來說可不是好事。

總之先打電話給他吧，如果他在家，就把他找出來問話，若是他不在就沒辦法了。我好不容易下定決心，從口袋裡拿出手機。

這支手機是去年買的，因為之前的手機實在太舊了……我撥打了「健吾手機」，跳下腳踏車，靜靜等著。

五聲。

十聲。

「……沒接耶。」

他不在家嗎？還是在睡覺？我按下按鍵，停止播號。我也不知道自己是鬆了口氣還是遺憾。

後方突然傳來聲音。

「啊，掛斷了。」

聽起來很熟悉。

我回頭一看，堂島健吾就站在圖書館的門口，手上拿著手機。他大概是在圖書館裡接到電話，才匆匆地跑出來接。

真有禮貌。

我看著健吾操作手機，接著我的手機就響了起來。打來的是「健吾手機」。於是我接起電話。

「嗨。」

『找我有什麼事？』

「這個嘛，總之你先抬頭看看。」

健吾依言抬頭，然後就跟我四目交會。

「健吾，你常來圖書館啊？」

「最近比較常來。」

很合理。

不用去他家登門拜訪，讓我心裡輕鬆了許多。我們又走回圖書館，一起坐在自動販賣機旁的長椅上。健吾買了熱咖啡，但我三分鐘前才剛喝過咖啡，所以什麼都沒買。

健吾剛喝一口咖啡，就立刻問道：

「你找我有什麼事？」

「嗯，這個啊……」

我還沒做好心理準備健吾就突然出現，所以我不知道該從何說起。總之……

「剛才真是不好意思，如果我知道你在圖書館，就會傳訊息了。」

「我急死了。雖說在圖書館裡沒有關機是我自己的錯。」

「其實不需要這麼緊張啦。」

健吾瞄了我一眼。

「怎麼可能不緊張，你會打給我通常都不是好事。說不定有什麼急事。」

這確實是我的錯，我給他添過太多麻煩了。

對於「可能有麻煩事所以急著跑出來接電話」的健吾，我遲早得還清這份人情的。

「你上次打電話給我也很怪，那到底是怎麼回事？」

「上次？」

健吾板起了臉。

「你不是叫我把車子的照片寄給你嗎？我本來以為你之後會再跟我解釋……你忘了嗎？」

對了，確實有這麼一回事。我不是故意不向他解釋，只是後來忙著想其他事情，就把這件事給忘了。

「對不起，我忘記了。我現在就說。」

「你不是有事要問我嗎？」

「跟那件事也有關。」

我整理了一下思緒。

想想還是應該從那裡說起。

「大概在去年十一月底，你打過電話給我，你還記得吧？說不定已經是十二月了。」

「是啊，你叫我寄照片給你的那天也提過這件事。」

「沒錯。」

我不記得詳情了。

我在活頁紙上亂寫時曾寫下這些事，但沒必要拿出來看，我的腦袋裡還記得大概的情況。

「事情的開端是在九月，校刊社裡有個叫瓜野高彥的社員說想報導校外的新聞，結果被你駁回了。」

健吾有些訝異。

「跟那件事有什麼關係？我想問的是照片的事。」

「我就說了有關嘛。」

我還以為健吾了解情況，看來似乎不是這樣。但他應該也不是一無所知。

「你之所以反對，是因為提案一旦通過，瓜野就會報導那件綁架案。是這樣沒錯吧？」

「那也是理由之一。」

「之後小佐內同學去找你，說她不希望暑假那件事被報導出來，其他的校外新聞倒是無所謂。你聽了覺得很奇怪，所以才會打電話給我。」

「是啊。」

「你是怎麼想的？」

「這個嘛……」

健吾拿著咖啡盤起雙臂。他習慣做這種動作，即使手上拿著東西，也會勉強把手臂盤起來。搞不好那是某種瑜珈的姿勢。

「我不明白她為什麼會知道校刊社內部的事，我也不可能因為她說的話而改變想法。」

「就是這點。要回答第一個問題很簡單，她在校刊社裡應該有認識的人。」

「有啊，有個叫門地的男生跟她同班。」

咦？

「是這樣嗎？」

「是啊。如果她是從門地那裡聽來的，就解釋得通了。」

這樣解釋很合理，但是跟後來的情況就接不上了。難道是我想錯了嗎？可是……

「你說的那個門地也贊成報導校外的新聞嗎？」

「不，他反對，他跟瓜野處得不太好。」
原來如此，所以情況果然還是和我想的一樣。
「這就先不管了。你說你不會因為小佐內同學的意見而改變想法，但我不這麼想。」
「什麼意思？」
健吾聽到我反駁他的說法非常訝異。或許我該說得婉轉一點。
「你反對瓜野的提案是為了保護小佐內同學，後來瓜野又提了好幾次，你還是一直反對，可是小佐內那樣說了以後，你就沒必要繼續堅持下去，比較有可能答應了……至少小佐內學是這樣想的。她對你說的那些話，怎麼想都是在叫你同意瓜野的提案。」
健吾沉吟著。
「……聽你這麼一說，確實是這樣。我被她耍了嗎？」
「是被說服了。我想她一定有這麼做的理由。」
「這麼說來，小佐內和瓜野應該有關係囉？」
「大概吧。聽到你說她和門地認識時，我還以為出現了變數，不過門地反對瓜野的提案。我想小佐內同學應該是站在瓜野那邊。」
健吾鬆開雙臂，啜飲咖啡，然後他突然停下動作，像是想到了什麼事。
「等一下，這樣太奇怪了吧，從結果來看是瓜野獨占了專欄，但是提議寫專欄的明明是五日市。」

「我想五日市會提出那個提案也是小佐內同學促成的吧。」

這點小事根本沒什麼好驚訝的。

我不理會健吾的訝異，繼續說道：

「有兩個可能，第一個是小佐內同學設計讓五日市寫了一次專欄，第二個是小佐內同學設計讓瓜野最終獨占了整個專欄。

如果是前者，她對你施加壓力就沒有意義了。我看過五日市寫的專欄，他不像是會報導那件綁架案的樣子。如果是後者，她對你施加壓力才有意義。被耍或被操縱的人不是你，而是五日市。

之後瓜野就開始調查本市的連續縱火案了。」

「這是為什麼？」

健吾的聲音變大了。

「小佐內插手校刊社的事是為了什麼？」

我的聲音反而越變越小。

「天曉得……我在意的就是這點。我想應該不會只是好玩而已。健吾，我要你寄照片給我也是跟這件事有關。」

那輛奶油色的廂型車。我看見的時候，車子已經燒得焦黑了。
「健吾，你知道二月在津野的河邊有一輛車被燒的事吧。那就是我要你寄的照片上的那輛車。」
健吾露出了緊張的表情。
「照片上的車？那是……」
「是啊，就是用來綁架小佐內同學的那輛車。那輛車在河邊被燒了，如同《船戶月報》預告的一樣。」
「常悟朗，難道是你……不，應該不是吧。到底是怎麼搞的？」
健吾喃喃說著，喝完最後一口咖啡，把空罐放在地上，然後把好不容易空出來的雙手牢牢盤起。
到底是怎麼搞的。這點很有意思。我那種異樣感，那種隱隱約約感覺到的刺就是從這裡來的。
「我本來假設是小佐內同學幫助瓜野寫出那輛車會被縱火的報導，但我很快就發現不對。專欄是從一月開始的，這麼說來，版面應該是十二月就決定的吧？」
「是啊。」
「這樣的話，小佐內同學在去年十二月以前就要知道那輛車會在二月被燒掉的事。而二月那件事是包含在一連串的縱火案之中……之後的事不用我說你也很清楚了。」

不過，在做出結論之前，還得再仔細想一想。我的假設是正確的嗎？

「可是一般媒體也報導了津野廢棄車輛起火的事，除了『下回預告』之外，沒有任何資訊是《船戶月報》獨有的，這不需要玩弄策略也能報導，所以我的假設不太對。小佐內同學支持瓜野寫專欄和綁架犯的車子被燒並沒有直接關係。」

「你想說那只是巧合嗎？」

我坐在長椅上伸長雙腳。

「很有可能。我想十之八九是這樣。但是……健吾，你覺得小佐內同學像是會放火燒車的人嗎？」

健吾答不出來，抿緊嘴巴。這剛正不阿的男人無法肯定回答的事實勝過了任何雄辯。若跟小佐內同學有關，那就很難說了。

健吾會這樣想也很合理，因為她那瘦小的身形周遭有太多的陰影。

我用更積極的角度去思考。如果有必要，小佐內同學不是不可能幹出這種事。就像前年的詐欺案，還有去年的綁架案，更早之前也是。只要有必要，她什麼都做得出來。

小佐內同學自稱是「小市民」，這點我也一樣，而且她和我一樣都是騙人的。我們解除互惠關係已經超過半年了。如果小佐內同學在這段期間沒有馴服自己的「狼性」，她確實做得出這種事。

但是……

「這種做法太直接了，不像小佐內同學的風格。」

我一時忘了身旁的健吾，自顧自地說起話。

小佐內同學最愛的就是甜食和復仇。她若是出手，一定會緊咬不放。因為她就是喜歡緊咬不放。

不過她的復仇可不是穿著水手服拿著機關槍衝進敵陣掃射，而是會設下陷阱，把敵人引誘過來，等對方掉下去之後再蓋上鐵蓋。

就像我看到令人髮指的惡行也不會直接站出來對抗一樣。火爆不是我的風格，同樣地，也不是小佐內同學的風格。

再加上她還用盡一切方法來達到目的，這實在太不尋常了。我們都很了解自己，我也很了解小佐內同學。我們都把自己想得很特別，隨時都在戒慎恐懼，以防別人注意到自己，因此我們絕不會有刻意表現自我的衝動！

「我有件事很想問你。」

「啊？喔喔。」

健吾聽到我沒繼續糾結之前的問題，似乎鬆了口氣。

「你身為校刊社的前社長，知不知道小佐內同學和瓜野高彥之間有什麼關係？」

其實我已經知道他的答案了。看健吾在先前的對話中的反應，答案已經很明顯了。

健吾搖頭說：

「我不知道。抱歉，這件事我連想都沒想過。」

我想也是。

罷了，反正我還是得到了一些新的資訊，而且這段假日午後的談話也挺愉快的。我已經盡量讓自己想開了，但堂島健吾真不愧是堂島健吾，他不會只說一句「不知道」就算了。

「你可以去問吉口，她說不定會知道些什麼。」

「吉口？是誰啊？」

「我們班上的女生。她生活的意義就是關注誰跟誰有什麼關係。就連你跟小佐內分手的事我也是從她那裡聽來的。」

我們學校裡面有這種情報販子啊……？

算了，這世上本來就有各式各樣的人，有剛正不阿的校刊社社長，有喜歡甜食又自認是小市民的人，也有緊追連續縱火案的學弟，我還知道好幾個和我同年齡卻濫用藥物又闖空門的人。相較之下，喜歡關心別人愛情故事的女生算是很普通了。

「要我星期一幫你介紹嗎？」
「喔喔，好啊。」
那就等星期一再說吧，我正準備站起來，但健吾一句低聲發問又把我拉住。
「常悟朗……我可以問你一個問題嗎？」
「隨你問。」
我嘴上這樣回答，心中卻是百般的不願意。因為除了公事公辦的交換資訊之外，我和健吾實在是話不投機。
但健吾的問題卻出乎我的意料。
「為什麼你會這麼關心這件事？」
「為什麼……」
「校刊社的事和連續縱火案應該都跟你無關吧？」
呃，這個嘛，是沒錯啦。
雖是事實，但我沒想到健吾會注意到這點。
用「這件事跟我無關」的態度明哲保身可是小市民最基本的素養。健吾會指出這一點令我非常意外，他明明指責過我想成為小市民的心態很狡猾。
難道他是想要試探我嗎？原來健吾也會做這麼迂迴的事。我有點不高興，所以簡潔地回答：

「因為到處放火的人有可能是小佐內同學，所以我不能不管。」

「你們不是分手了嗎？」

「是沒錯。」

我敲了敲腳邊的書包。

「今年要準備大考，如果有其他事情讓我分心就麻煩了，所以我想儘快解決，好能專心讀書。」

健吾微微一笑，揮了揮手。大概是說「你可以走了」。那我就老實不客氣地從命了。

◇

隔天，星期一。

我去了健吾所在的三年E班。因為這事沒有重要到需要空出放學後的時間去做，所以我只是下課時間跑到E班教室外的走廊說幾句話。

聽健吾把吉口同學形容成蒐集人際關係資料的情報販子，所以我把她想像成一個熱衷於提著超市塑膠袋在路邊和三姑六婆講人閒話的女生，結果我完全想錯了，她只是個乖巧的普通女生，除了頭髮很漂亮之外，沒有特別起眼之處。
我不記得吉口這個名字，即使見到她本人，我也以為我們是第一次見面，但吉口同學一見到我就說：
「我們好久沒有說話了呢。」
把吉口同學從教室裡帶出來的健吾也點頭說：
「喔喔，對了，我們三人早就認識了嘛。」
健吾和吉口同學……和我？是什麼時候認識的啊？我和健吾沒有同班過，所以我跟她不曾當過同班同學。還有什麼可能呢？
我努力搜索記憶，突然想到一件事。
吉口同學似乎對我印象很深。應該是那時吧，剛進入船高時包包遭竊的那個女生。我因為健吾的拜託而幫她找到了包包。
久到我都有點懷念了。只不過是兩年前有過一面之緣，這樣就能記住臉和名字嗎？總之她承認我們是認識的，那我就用熟人的態度和她相處吧。我笑著說：
「是啊，好久不見了。其實我來是有事要問妳。」
「問我？」
吉口同學好奇地歪著頭，然後望向健吾。我從她的眼神可以看出她已經猜到大概了。

健吾認為吉口同學是個喜歡八卦的情報站，但吉口同學自己似乎沒有這種自覺。這兩人的關係很有趣，但我現在沒空仔細觀察，因為下課時間只有十分鐘。

「妳知道小佐內同學嗎？就是小佐內由紀。」

「啊？嗯，知道啊，就是你的前女友嘛。」

她還真的知道……

但小佐內同學不是我的女友，只是跟我有互惠關係的夥伴。算了，這種小事沒必要糾正。

「如果妳知道關於小佐內同學的任何事情，希望妳能告訴我。尤其是跟二年級的瓜野有關的事。」

吉口同學打斷了我的話。

「啊，對，那兩人正在交往。」

她乾脆地說道。

「他們放學常常一起走，有時還會出去約會。」

我真想問她是怎麼知道的。我有過很多可怕的遭遇，不過這件事也很可怕。或許吉口同學只是說出了碰巧得知的事，事實上或許每個人都很注意人們之間有怎樣的關聯。我喜歡想事情，但我不太在意別人的事。我不禁懷疑，我是不是因為這樣而疏忽了很多事實。

吉口同學觀察著我的表情，露出意味深長的笑容。

「怎麼？你這麼在意前女友的事？沒想到你這麼死纏爛打。」

搞不好我來打聽小佐內同學消息的事也會被她當成新情報散播出去，而且還要附帶一條「死纏爛打」的情報。

那還真叫人不舒服。我正在這麼想，健吾就出手相助。

「不是，這是我要問的。瓜野是校刊社的社員，不是常悟朗想打聽小佐內的事，而是我想要打聽瓜野的事。」

這不完全是謊話，其中的確有真實的部分。我還以為健吾是個直腸子，原來他也學會了這種話術。也對啦，就像我升上高三，健吾也升上高三了，多少會有一點成長的。

但是……

「喔……？」

吉口同學一副不相信的樣子。算了，無所謂啦。

事情處理完了，吉口同學提供的情報證實了我的推理。雖然我不確定小佐內同學和瓜野交往真的是因為彼此喜歡，還是基於某種企圖。

「謝謝妳。不好意思，耽誤了妳的休息時間。」

我道謝之後便想離開，但吉口同學卻訝異地說：

「啊？就這樣？」

「就這樣。」

「你不是來問十希子的事嗎？」

十希子是誰啊？我好像聽過這個名字。

……啊，是仲丸同學。

我一時之間沒有會意過來，因為我平時沒在叫她的名字。不過，她為什麼會突然提起仲丸同學的名字？……不會吧。

「不會吧。」

我脫口而出。

小佐內同學、瓜野。校刊社爭奪主導權事件、連續縱火案。難道仲丸同學和這一連串的事件也扯上了關係？

吉口同學點頭。

「嗯。沒錯，你猜對了。」

「是這樣嗎？我一點都沒注意到。」

她到底牽扯到哪個部分？

在河邊被燒掉的車確實是北条的，如果仲丸同學和這件事有關，難道她也是受害者？還是說，仲丸同學裝出一副若無其事的樣子，其實和校刊社之間有什麼關聯？我沒有仔細觀察過她，但我真沒想到會在這裡聽見她的名字。

我屏息等著吉口同學說下去。

吉口同學把手指按在嘴唇上。她的臉上沒有笑容，但我總覺得她似乎很開心的樣子。雖然她的模樣很開心，卻像在演戲一樣用充滿憐憫的語氣說：

「是啊，她腳踏兩條船了。」

「……啊？」

「十希子動不動就交新男友，跟原來的男友繼續交往也是常有的事，但她現在已經劈腿兩次了。而且她有真命天子，是個大學生。啊，這樣說來她就不是腳踏兩條船，而是腳踏三條船了。」

我實在想不到該說什麼。

這真是完全出乎意料，而且是我根本不需要的情報……看吉口同學講得一副得意洋洋的樣子，我似乎應該裝出大受打擊的樣子才對。但我什麼都說不出來。

不過，我這不知所措的反應看起來可能也很像受到打擊吧。吉口同學表現出很滿意的樣子，那就這樣吧。

下課時間結束了。

吉口同學回到教室。健吾匆匆地問我：

「知道什麼了嗎？」

我微微地點頭。

「嗯……依照我的想法，這件事只要靠著操縱情報就能解決了。」

（下集待續）

逆思流

秋季限定栗金飩事件（上）

（原名：秋期限定栗きんとん事件）

作者／米澤穗信　譯者／ＨＡＮＡ　封面插畫／左萱
榮譽發行人／黃鎮隆　國際版權／高子甯、賴瑜妗
執行長／陳君平　美術編輯／李政儀
協理／洪琇菁
執行編輯／石書豪

發行／英屬蓋曼群島商家庭傳媒股份有限公司城邦分公司　尖端出版
台北市南港區昆陽街十六號八樓
電話：（〇二）二五〇〇－七六〇〇（代表號）
傳真：（〇二）二五〇〇－一九七九

中彰投以北經銷（含宜花東）／楨彥有限公司
電話：（〇二）八九一九－三三六九
傳真：（〇二）八九一四－五五二四

雲嘉經銷／威信圖書有限公司　嘉義公司
電話：（〇五）二三三－三八五二
傳真：（〇五）二三三－三八六三

南部經銷／威信圖書有限公司　高雄公司
電話：（〇七）三七三－〇〇七九
傳真：（〇七）三七三－〇〇八七

香港總經銷／城邦（香港）出版集團有限公司
香港灣仔駱克道１９３號東超商業中心１樓
電話：（八五二）二五〇八－六二三一
傳真：（八五二）二五七八－九三三七
E-mail：hkcite@biznetvigator.com

馬新經銷／城邦（馬新）出版集團　Cite(M)Sdn.Bhd.
E-mail：Cite@cite.com.my

法律顧問／王子文律師　元禾法律事務所
台北市羅斯福路三段三十七號十五樓

二〇二二年五月一版一刷
二〇二四年八月一版三刷

■中文版■

郵購注意事項：
1. 填妥劃撥單資料：帳號：50003021戶名：英屬蓋曼群島商家庭傳媒(股)公司城邦分公司。2. 通信欄內註明訂購書名與冊數。3. 劃撥金額低於500元，請加附掛號郵資50元。如劃撥日起 10～14日，仍未收到書時，請洽劃撥組。劃撥專線TEL：(03) 312-4212 ・ FAX：(03) 322-4621。E-mail：marketing@spp.com.tw

國家圖書館出版品預行編目資料

秋季限定栗金飩事件 / 米澤穗信 著 ; HANA譯 . --初版.
--臺北市：尖端出版, 2022.04
面 ; 公分.--(逆思流)
譯自: 秋期限定栗きんとん事件
ISBN 978-626-316-671-4(上冊 : 平裝).
ISBN 978-626-316-672-1(下冊 : 平裝)

861.57　　111001836